岩 波 文 庫

30-281-1

鬼貫句選・独ごと

復本一郎 校注

岩 波 書 店

凡例

一 『鬼貫句選』は明和六年（一七六九）刊、平安書肆 安藤八左衛門版、太祇校訂『鬼貫句選』を、『独ごと』は享保三年（一七一八）刊、新井弥兵衛蔵版『独ごと』を底本とした。

一 読みやすさの便を考えて、適宜、句読点・濁点・振り仮名等をほどこした。振り仮名は、歴史的仮名遣いに拠った。

一 誤記、意味の取りにくい箇所には、本文脇に（　）を付して注記した。

一 鬼貫の句に、通しの句番号を付した。

一 内容によって、編者により章段をまとめ、章段名を付した。各章段の中で、一行アキの箇所は、原本においては、それぞれ独立した章段である。

一 難語、固有名詞、あるいは典拠、異形句、前書等、読解上参考とすべきものには、脚注を施した。脚注に収まらない場合には、補注を付けた。

一 漢字はおおむね現行の字体に改めたが、略字・異体字などのうち、残したものもある。以下のごときものである。

　俗（袋）　哥（歌）　躰（体）　迯（逃）　烁（秋）　靏（鶴）　螢（蛍）

一　脚注で参照した、柿衞文庫本『仏兄七くるま』は岡田利兵衛編『鬼貫全集』（角川書店、昭和四十三年三月刊）所収の、岡本勝氏旧蔵初稿本系『仏兄七くるま』は岡本勝著『近世俳壇史新攷』（桜楓社、昭和六十三年六月刊）所収の活字本によった。

一　巻末に、本書における鬼貫句の初句索引を付載し、検出の便をはかった。

目次

独ごと……一一五

下

鬼貫句選

上

太祇の序

[一]道にたどりふかき翁[二]ありけり。その[三]ゆくや、たかきより飛《とび》、ひくきより躍《をどり》いづ。峻《けはしき》に立《たち》、ほそきをつたふ。ざれありき、おもむろにありく。[四]夢のうき橋、足さはらず、ふむにこゝろよしとなん。世はなれければにや、[五]おにつらといふ。むべ鬼なるかな。その[六]こゑ玉に金《くがね》に、代にきこゆる句[七]そこばくといへども、人のこゝろにたらねばや猶《なほ》もとむ。予ももとめて見きゝにうつしける

一　俳諧の道。
二　鬼貫を指している。
三　以下「おもむろにありく」までは、鬼貫の無礙自在の俳風を対句的に示している。「ざれありき」は「戯れ歩き」で、鬼貫句の滑稽の一面を指摘している。
四　ここでは、俳諧を「夢浮橋」に譬えている。
五　鬼貫。
六　金玉の声。珍重すべき鬼貫の作品。
七　若干。

が、漸《やうやく》かばかりにこそ侍り。[一]七車といふ家の集は世にあらはれねばよしなしや、あはれそれをもつたえ〔へ〕て、あまねく鬼つらのおにたる無凝〔礙〕自在を見もし、学びもせば、わが芭蕉翁にこの翁を東西に左右し、延宝より享保にいたるこの道の盛世をてらし見て、けふこの道にゆく人の[二]こゝろの花のにほひに足り、心の月の影とゞきて、はいかいの幸大ィならんかし。しか思ふものから、[三]自笑が乞《こふ》にまかせ、これに序して、あとふ〔た〕る事になれり。

明和五年春二月　[四]不夜庵太祇

一　鬼貫の自選家集『七車（ななくるま）』。「七車」は、数多くの車、の意味で、作品の数を示している。太祇は、自らが収集した鬼貫作品に加えて未刊の『七車』から抄出したことを明記しているのである。明和六年(一七六九)刊の『鬼貫句選』に、天明三年(一七八三)刊、高橋徳恒編『鬼貫発句集』を加えると、『七車』がほぼ復元できる。

二　芭蕉の『笈の小文』中の「見る処花にあらずといふ事なし。おもふ所月にあらずといふ事なし」が意識されていよう。

三　三代目八文字自笑。刊記中の「平安書肆 安藤八左衛門」のこと。文化十二年(一八一五)没、享年七十八。

四　蕪村と親交のあった俳人。江戸の人、京住。明和八年(一七七一)没、享年六十三。

鬼貫句選　巻之一

不夜庵太祇　考訂

春之部

1 大旦《おほあした》むかし吹《ふき》にし松の風

2 ほんのりとほのや元日なりにけり

老松町

3 我宿の春は来にけり具《ぐ》足《そく》餅《もち》

4 中垣や梅にしらける去年《こ》《ぞ》の空

1 ○大旦　元日。鬼貫編著『大悟物狂(たいごものぐるい)』(元禄三年刊)は、「大朝」の表記。鬼貫『仏兄七(さとえなな)くるま』(享保十二年序)には「元禄元戊辰歳旦」と見える。貞享五年(一六八八)、鬼貫二十八歳の折の歳旦吟。「大旦(大朝)」は、鬼貫の造語であろう。

2 ○ほんのりと　夜が少しずつ明ける様子。○『仏兄七くるま』によれば、元禄十六年(一七〇三)、四十三歳の歳旦吟。

3 ○老松町　大坂天満老松町。鬼貫は、元禄五年(一六九二)、老松町に仮寓。○具足餅　鏡餅のこと。人見必大『本朝食鑑』(元禄五年序、同十年刊)に「武家、甲冑に供して、具足餅と号す」と見える。○『仏兄七くるま』によれば、元禄五年、鬼貫三十二歳の歳旦吟。

4 ○しらける　しらじらと明るくなる。○『仏兄七くるま』によれば、下五「去年の雲」で、

5 五《ご》器《き》の香や春たつけふの餅機嫌

6 何おもふ八十八の親持《もち》て

7 雪よ〳〵きのふ忘れし年の花

試筆　人麿の尊像にむかひて
旋頭句《せどうく》

8 烏帽子《えぼうし》の顔ほの〴〵と何の花ぞもとしの花

9 六日八日中に七日のなづな哉《かな》

10 芽柳の遊ぶ鳥まだ寒げなり

正徳四年(一七一四)、鬼貫五十四歳の歳旦吟。

5　○五器「御器」とも。ここでは、雑煮椀のこと。○『仏兄七くるま』によれば、元禄三年(一六九〇)、鬼貫三十歳の歳旦吟。

6　○『仏兄七くるま』によれば、元禄四年(一六九一)、鬼貫三十一歳の歳旦吟。この年八月八日、父宗春が八十八歳で没す。

7　○年の花　新年、新春の意味であるが、ここでは雪を「年の花」に見立ててもいる。○『仏兄七くるま』によれば、宝永八年(一七一一)、鬼貫五十一歳の歳旦吟。

8　○旋頭句　旋頭歌に倣っての鬼貫の新案句体。七・五・七・五。○ほの〴〵と　柿本人麿作とされている「ほのぼのとあかしの浦の朝霧に島隠れゆく舟をしぞ思ふ」(古今集)を意識しての措辞。○何の花ぞも　旋頭歌「うち

11 風が吹《ふく》梅のつぼみはしつかりと

初春詠

12 鶯か梅の小枝に糞をして

13 山里や井戸のはたなる梅の花

14 梅散てそれよりのちは天王寺

15 宿《やど》替《がへ》に鼻毛も抜《ぬき》ぬ梅の花

16 鶯や梅にとまるはむかしから

わたす遠方人(をちかたびと)にもの申すわれ、そのそこに白く咲けるは何の花ぞも」(古今集)に拠る。○『仏兄七くるま』によれば、上七の「顔」が「顔の」。享保三年(一七一八)、鬼貫五十八歳の歳旦吟。

9 ○なづな　正月七日(人日)の七種粥(ななくさがゆ)の七種の一つとしての薺(なずな)。

10 ○『仏兄七くるま』は上五「芽柳に」。

12 ○鶯か　従来「鶯が」と読まれていたが、「か」で切字と見るべきであろう。芭蕉に「鶯や餅に糞する椽のさき」。両句とも元禄五年(一六九二)作。

14 ○天王寺　今も大阪にある四天王寺のこと。

16 ○『古今和歌集』の仮名序に「花に鳴く鶯」。「鶯」と「梅」は付合語(類船集)。

17 うぐひすの鳴けば何やらなつかしう

軒の鶯　窓の鶯　薗の鶯　枝の鶯　谷の鶯

18 うぐひすは山ほと丶ぎすばかりなり

旅行

19 あふみにもたつや湖水の春霞

20 春の水ところ〴〵に見ゆる哉

21 うち晴て障子も白し春日影

22 曙や麦の葉末の春の霜

18 ○「うぐひすは山ほど(程)」に「山ほと丶ぎす」を言い掛けている。歌題の多い鶯を讃美。

19 ○「あふみにもたつ」(近江の地にも足を延ばした)と「たつや湖水の春霞」(琵琶湖に春霞が立っている)を言い掛けている。

20 ○燈外との両吟歌仙の発句。脇句は燈外の「入ル迄ありく朧夜の月」(誹諧生駒堂)。

21 ○初稿本系『仏兄七くるま』の元禄十一年(一六九八)の条に「居所をうつり替て」の前書(まえがき)とともに見える。『鬼貫発句集』は下五「初日影」。

22 ○『仏兄七くるま』の元禄元年(一六八八)の条に「如月のはじめ伊丹を起はなれて」の前書とともに見える。

23 しら魚や目まで白魚目は黒魚

24 日南《ひなた》にも尻のすは〔わ〕らぬ猫の妻

空道和尚いかなるか是なんぢが誹眼ととはれしに即答

25 庭《てい》前《ぜん》に白く咲《さい》たる椿かな

26 水入《いれ》て鉢にうけたる椿かな

夕霧が塚にて

27 この塚は柳なくてもあはれなり

28 懶《ものうさ》はおぼろ烏のねざめ哉

25 ○『無門関』中の「趙州、因みに僧問う、如何なるか是れ祖師西来の意。州云、庭前の柏樹子」に拠る。「白く咲たる」が眼目。空道和尚は、不詳。

27 ○夕霧　大坂新町扇屋四郎兵衛かかえの名妓。延宝六年(一六七八)正月六日没。享年二十二とも二十七とも。下寺町浄国寺に墓がある。西鶴編『俳諧女哥仙(はいかいによかせん)』(貞享元年刊)に「情と哥とを心の種にして世〱に其名をふれける。有時俳諧の発句をのぞみしに、我定紋によせて折ふし秋なれば、桐の葉もそめわけがたし袖の紋　夕霧」と見える。○「塚」と「柳」は付合語(類船集)。

28 ○おぼろ烏　朧月夜の下で眠っている烏を言う鬼貫の造語か。一句は、「懶」を譬喩によって表現したもの。

29 ゆかしさのあて〳〵しきや雉子《きじ》の声

30 草麦や雲雀《ひばり》があがるあれ下ガる

31 北へ出れば東へ出れば花のなんの

二月二日京に住どころもとめて

32 誰《た》が家の醤《しやう》油《いう》むすぶ春の草

骸骨を乞て郡山をたちいづる名残に

33 たよりなや笠ぬぐ後《あと》の春の雨

34 春の日や庭に雀の砂あびて

29 ○あて〳〵しき　あてつけがましい。○雉子の姿と声の双方に注目しての作品。芭蕉に「蛇くふと聞けばおそろし雉の声」。

30 ○草麦や　青麦のこと。寸木編『金毘羅会(こんぴらえ)』(元禄十三年刊)は、仏兄(さとえ)号で「青麦や」。

31 ○『仏兄七くるま』は、元禄十六年(一七〇三)の条に「二月二日京に住所求めて」の前書で、下五「花だらけ」。

32 ○醤油　『人倫訓蒙図彙(じんりんきんもうずい)』(元禄三年刊)の「醤油」の項に「堺を名物と。大坂と両所に造(つくり)て諸国にいだすなり」と見える。醤油樽に春の草を、の意か。醤油の色(紫)からの連想か。不詳。

33 ○骸骨を乞て　主君に辞職を願うこと。鬼貫編『仏(ほとけ)の兄(あに)』(元禄十二年刊)、『仏兄七くるま』によれば、一句は、元禄

ひとり舟にて伏見をくだる夜

35 おぼろ〳〵灯《ともしび》見るや淀の橋

36 月なくて昼は霞むや昆《こ》陽《や》の池

玉水《たまみづ》にて

37 山吹は咲かで蛙《かはづ》は水の底

仏別

38 きさらぎの日和もよしや十五日

39 何まよふひがんの入日人だかり

40 人の親の烏追《おひ》けり雀の子

八年（一六九五）のこと。主君は、大和国郡山藩本多下野守藤原忠平。

34 ○『大悟物狂』に「目前の興」の前書。

35 ○淀の橋　木津川が淀川に注ぐあたりに架せられていた淀大橋。

36 ○昆陽の池　摂津国河辺郡（今の伊丹市）の昆陽寺の北五丁のところにある池。歌枕。澄月編『歌枕名寄』（万治二年識語）に仙覚の「こやの池のあしまの水に影さえてこほりをそふる冬のよの月」が見える。

37 ○玉水　山城国綴喜郡の地名。○「かはづ鳴く井出の山吹散りにけり花のさかりにあはましものを」（古今集）を意識しての句作り。

38 ○仏別　釈迦入滅の二月十五日を指す。涅槃会（ねはんえ）。『仏兄七くるま』は「仏のわかれに」と前書。

41 人に遁げ人に馴る丶や雀の子

42 遠里《とほざと》の麦や菜種や朝がすみ

43 雨だれや暁《あかつき》がたに帰る鴈《かり》

44 状《じやう》見れば江戸も降《ふり》けり春の雨

里家春日

45 猫の目のまだ昼過ぬ春日かな

46 あら青の柳の糸や水の流《ながれ》

46 ○座神編『風光集』(元禄十七年刊)、『仏兄七くるま』に下五「水の流れ」とあるので「流」は「ながれ」と訓む。○座神との両吟歌仙の発句。脇は座神の「燕(つばくろ)つひと跡からもつひ」。

47 ○「青柳」の枝垂れを「尾長鳥」に見立てたもの。

48 ○『仏兄七くるま』は前書「住吉に詣(まう)で」。摂津国住

47
樹の中に只青柳の尾長鳥

住吉にて
48
みどり立《たつ》きしの姫松めでたさよ

月尋がつまにわかれし悼
49
春の夜の枕嗅《かぐ》やら目が腫レた

二月すへ〔ゑ〕惟然にとはれてのち餞別
50
いなふ〔う〕との花の前なりや止《とめ》られぬ

51
春草《しゅんさう》の姿持たる裾野かな

52
鳥はまだ口もほどけず初ざくら

吉郡の住吉大神宮詣。○みどり立　若々しい緑色に耀く。○姫松　「我見ても久しくなりぬ住江(すみのえ)の岸の姫松いく世経ぬらむ」「住江の岸の姫松人ならばいく世か経しと言はましものを」(古今集)を踏まえている。住江は住吉付近の海岸。この二首の「姫松」は、老松であるが、鬼貫句の「姫松」は、文字通りの小さい松。

49　○月尋　俳人。大坂の人。正徳三年(一七一三)秋、京岡崎より摂津国伊丹へ移住、正徳五年伊丹住吉町で没。月尋の妻は、宝永二年(一七〇五)没。

50　○惟然　蕉門の俳人。美濃国関の人。正徳元年(一七一一)没。惟然が鬼貫を訪れたのは、元禄十四年(一七〇一)二月二十五日のこと。「二月廿五日惟然にとはれて廿八日京へ帰らんといふ時」の前書で、「止られぬ又きさしませ花ちらば」とある(仏兄七くるま)。

伊丹帒洗《ふくろあらひ》

53 賤《しづ》の女や帒あらひの水の汁

54 から井戸へ飛そこなひし蛙かな

55 一鍬や折《を》敷《しき》にのせしすみれ草

56 春風や三保の松原清見寺

四日暁

57 浪の底に我足形の有やらん

58 永き日を遊び暮たり大津馬

53 ○伊丹帒洗　伊丹の酒造家が新酒を造ったあと、その酒をこした袋を猪名（ない）川の川辺で洗うこと。○『山海名産図会』（寛政十一年刊）に「そのころを待ちて、近郷の賤民この洗瀝（るし）を乞へり。その味、うすき醴（あまざけ）のごとし」とある。燈外に「鳥浮（くう）や袋洗の水の隈」（誹諧生駒堂）の句がある。○『仏兄七くるま』は下五「水の色」。

54 ○『仏兄七くるま』は下五「蛙よな」。○元禄元年（一六八八）の作。貞享三年（一六八六）刊『春の日』中の芭蕉句「古池や蛙飛（びと）こむ水のをと」が意識されていよう。

55 ○折敷　へぎ板で作った角盆または隅切盆（すみきりぼん）。

56 ○三保の松原　駿河国清水の景勝地。○清見寺　同地興津にある臨済宗妙心寺派の名刹。三保の松原を臨める。

59 一の洲《す》へ都の客と馬刀《まて》とりに

60 桃の木へ雀吐《はき》出《だ》す鬼瓦

61 軒うらに去年《こぞ》の蚊うごく桃の花

62 杖ついた人は立けり梨子の花

　　黄檗山《わうばくさん》にて

63 ありのみのありとは梨子の花香哉

　　三月十日はせを翁懐旧支考万句興行《こうぎやう》に

64 かけまはる夢は焼野の風の音

57 ○四日　貞享四年(一六八七)三月四日(仏兄七くるま)。前日三月三日は、潮干狩を行った。黒川道祐『日次紀事(ひなみきじ)』(貞享二年序)の三月三日の項に「今日、海潮大(おほい)に乾く。泉州界(堺)の浦特に甚し。故に諸人競ひ集り、蛤蜊(あさり)を拾ひ、小魚を執(とら)ふ」と見える。

58 ○大津馬　近江国大津の宿駅の荷物運びの馬。尚白編『忘梅』(元禄五年序)には「永き日やあそび暮たら大津馬」の句形。

59 ○一の洲　淀川河口付近。○馬刀　二枚貝のまて貝。○『仏兄七くるま』は中七「都の人と」。

63 ○黄檗山　京都宇治の黄檗山万福寺。○ありのみ　有実。梨の異名。

64 ○三月十日　宝永三年(一七〇六)のこと。芭蕉十三回忌に当って支考は、洛東双林寺で三月九日

65 それは又それはさへづる鳥の声

66 富士は雪は花一時のよしの山

67 心あての花でよし野で余をば猶《なほ》

68 恥しの老に気のつく花見かは

69 何くれと浮世をぬすむ花の陰《かげ》

煩脳〔悩〕あれば衆生あり

70 骸骨のうへを粧《けはひ》て花見かな

より三日間取越追善を行い、十二日、義仲寺に廟参している。洛陽の鬼貫は、十日、十一日と参加か。追善の記録が支考編『東山万句』。○『東山万句』『仏兄七くるま』は中七文字の最初「夢や」。○芭蕉句「旅にやんで夢は枯野をかけまはる」(芭蕉翁行状記)を踏まえる。『東山万句』によれば、鬼貫句の脇は、千及の「いをなら桃の散(ちる)に一段」。

66 ○「富士の嶺(ね)に降り置く雪は六月(みなづき)の十五日(もち)に消ぬればその夜降りけり」(万葉集)、「時知らぬ山は富士の嶺いつとてか鹿の子まだらに雪の降るらん」(新古今集)等を念頭に置いての句作り。

67 ○心あて　当て推量。

68 ○月尋編『鶴の隣』(正徳二年頃刊)は上五「はづかしや」。

70 ○煩悩あれば衆生あり　「煩

71 擂鉢の花に賑ふ菴《いほり》かな

72 花《はな》鳥《とり》に何《なに》うばゝれて此《この》うつゝ

鐵卵懐旧

73 うたてやな桜を見れば咲にけり

74 花の頃扇さいたり諸職人

兵部太輔光成のもとより文の中に桜の花を入て送られし返し

75 九重《ここのへ》の状より花のこぼれけり

76 去年も咲《さき》ことしも咲《さく》や桜の木

悩即菩提」(往生要集)を意識しての転換表現による禅的発想。「衆生」は、迷界にあるすべての人間。

71 ○賑ふ　心豊かになる。

72 ○うつゝ　夢心地。

73 ○鐵卵　俳人。鬼貫の従弟。元禄二年(一六八九)十月十日没、享年二十八。『大悟物狂』に鬼貫の「うたてやな」を発句に元禄三年二月十日興行の追善五十韻を収める。脇は、才麿の「月のおぼろは物たらぬ色」。○うたてやな　やりきれないことだ。謡曲に多用される措辞。

74 ○さいたり　「さしたり」のイ音便表記。

75 ○兵部太輔　諸国の兵士、軍事に関することを掌る兵部省の役人で卿(かみ)の下が大輔(たいふ)。○光成　今大路兵部大輔光成。生没年未詳。元禄十一年(一六九八)、鬼貫は光成より伝恵心僧都作の小町木像を譲り受ける。○九重　宮中。

77 さくら咲《さく》頃鳥足二本馬四《し》本

78 日よりよし牛は野に寝て山ざくら

79 谷水や石も哥《うた》よむ山ざくら

此句長伯老人より誹諧哥伝受の時の吟なるよし
人申はべる

黒谷にて

80 盛《さかり》なる花にも絶ぬ念《ね》仏《ぶつ》かな

師弟のむすびせまほしくいはれし人に

81 花のない木による人ぞたゞならね

---

76 ○『大悟物狂』『仏兄七くるま』は「妙法華　尼崎本興寺奉納」の前書。本興寺(ほんこうじ)は、本門法華宗の大本山。精進院と号す。○『仏兄七くるま』は下五「桜花」。

78 ○『仏兄七くるま』に「多田の院へまゐりける道のほとりにて」との前書。多田院は、摂津国河辺郡の鷹尾山法華三昧寺多田院。真言宗。摂津守源満仲公の霊廟。

79 ○『古今和歌集』仮名序の「花に鳴く鶯、水に住む蛙の声を聞けば、生きとし生けるもの、いづれか歌をよまざりける」を踏まえての句。○長伯　有賀(あるが)長伯。以敬斎。歌学者。京の人。元文二年(一七三七)没、享年七十七。鬼貫と同年。

80 ○『仏兄七くるま』の宝永七年(一七一〇)の条に「弥生九日、

大心禅師六十賀

82 順《したが》ふや音なき花も耳の奥

83 うつろふや陽《ひなた》の花に陰《かげ》の花

84 又もまた花にちられてうつら〳〵

定家卿の夢中に抱《いだき》とめたまひしとなんきこへ〔え〕し観世音のたゝせたまふ御寺に行て

85 花ぞなら散《ちら》ばや夢も抱くらむ

86 花散て又しづかなり園《をん》城寺《じやうじ》

鶏賀にさそはれて黒谷善勝院に遊ぶ」の前書。黒谷は、比叡山西塔北の谷。

81 ○『仏兄七くるま』の正徳二年(一七一二)の条に「弥生の末、大坂に下りける事あり。佐川流筠、師弟のちなみむすびまほしくいひし程に」の前書。○花のない木　鬼貫自身の謙遜しての譬喩。

82 ○『仏兄七くるま』の享保元年(一七一六)の条に「紫野大心和尚六十の賀に」の前書。○大心禅師　『独ごと』の跋文を書いた大徳寺の僧義統。号は巨妙子。○耳順(六十歳)による句作り。

84 ○『仏兄七くるま』に「暮春」の前書。

85 ○定家…御寺　このエピソード、不詳。

86 ○園城寺　近江国大津の天台宗寺門派の本山。長等山三井寺という。

多田院花見

87 武士《もののふ》も見ながら散す花の風

88 咲《さく》からに見るからに花のちるからに

散花

89 又ひとつ花につれゆく命かな

90 鶯よ花はちるとも飛《とび》まはれ

91 野田村に蜆《しじみ》あへけり藤の頃

孝行

92 目は横に鼻は竪《たて》なり春の花

87 ○多田院　脚注78参照。

88 ○からに　ので。ゆえに。

90 ○『仏兄七くるま』の元禄十六年(一七〇三)の条に「二月十日金毛亭にて」の前書。金毛は、京の人。言水門。延享三年(一七四六)没、享年八十。

91 ○野田村　摂津国西成郡(今の大阪市福島区)。「野田藤」は名高い(摂津名所図会)。

92 ○元禄三年(一六九〇)の作(仏兄七くるま)。元禄九年十一月二十二日没の近江国彦根藩士馬仏(ばぶつ)の辞世句は「目は横に鼻は竪也雪仏」(韻塞)。已十子編『増補首書 禅林句集出所付』(貞享五年刊)に「眼横鼻直(五祖)」。

93 どつちへぞ春も末じ〔ぢ〕やに又ねる歟《か》

京に住《すむ》ことありて古郷をはなれける春のすへ〔ゑ〕友にむかふて申《まうし》いでける

94 春雨の降《ふる》にもおもふおもはれふ〔う〕

弥生晦《みそか》の雨を

95 春雨のけふばかりとて降《ふり》にけり

雑

96 淀川にすがた重たや水車《みづぐるま》

初瀬に旅寝して

97 小夜更《ふけ》て川音高きまくら哉

98 闇《やみ》の夜も又おもしろや水の星

94 ○『仏兄七くるま』の元禄十六年（一七〇三）の条に「京に住所もとめて古郷をはなれける餞別にとて正月廿五日青人亭にて百丸、人角、蟻道、鷺助おの〳〵句あり予も」の前書。○『仏兄七くるま』は中七「降にも思ひ」。

96 ○雑　季語を持たない句。無季の句。以下八句を指す。103は季語「月夜」があるが、正月の句。○淀川　山城国綴喜郡を流れる川。宇治川、桂川、木津川が淀付近で合流、難波の津（大阪湾）に至る。淀から天満八軒家に通う三十石船がある。○「淀」と「水車」は付合語（類船集）。

97 ○初瀬　大和国の初瀬川の峡谷に開けた地（今の奈良県桜井市初瀬）。○川音　初瀬川（歌枕）の川音。

99 塩尻は不二のやうなるものならん

池田唐船淵《たうせんがふち》

むかしの海中比《なかごろ》の淵今は田夫が疇《うね》まくらをなして夢となる織女《はため》の観〔歓〕楽の跡をおもふて

100 棹の哥は松の声のみ鍬つゞみ

101 蔵にゐて人には見えず白鼠

102 松風や四十過てもさは〔わ〕がしい

東山院御葬礼を拝み奉りて

103 御車《みくるま》は闇の月夜のなく音《ね》哉

99 ○塩尻　塩を製するための海辺に作った砂の山。『伊勢物語』に富士山を譬えて「比叡の山を二十ばかり重ねあげたらむほどして、なりは塩尻のやうになむありける」と見える。

100 ○池田唐船淵　『摂津名所図会』（寛政十年刊）に「池田猪名川の中にあり。応神天皇三年、呉織（くれはとり）、穴織（あなはとり）の二女来朝してこの水門（みなと）に着岸す。むかしこの辺西海につづきてつねに通船あり。後世江は埋れて民村田圃となる。しかれどもこの淵は唐船の名今に遺れり」と見える。○棹　水棹（みさお）と三味線の二つを含意させての表現。○鍬つゞみ　鍬を打つ音を鼓に譬えている（『呉服絹（くれはぎぬ）』は「鍬鞁」の表記）。

101 ○白鼠　ここでは福の神のこと。

102 ○惟然編『二葉集（じようしゆう）』（元禄十五年刊）は上五「松風の」。

鬼貫句選　巻之二

不夜庵太祇　考訂

夏之部

春みてる夜難波より船にのりて明ぼの淀のわたりを過けるほど

104 淀舟や夏の今来る山かづら

105 春と夏と手さへ行かふ更衣《ころもがへ》

106 一日で花に久しき袷かな

103 ○東山…奉りて　『仏兄七くるま』の宝永七年(一七一〇)の条に「正月十日の夜　東山院御葬礼を拝み奉りて」の前書。第一一三代東山天皇は、宝永六年十二月十七日崩御。山城国愛宕郡今熊野村月輪陵(つきのわのみささぎ)に葬る。

104 ○難波より　大坂八軒家から伏見への夜船。○淀舟　三十石船。○山かづら　暁、山の端にかかる雲。

105 ○『仏兄七くるま』に「卯月朔日正義亭にて」の前書。○手さへ行かふ　着物を着る動作。○更衣　陰暦四月一日、綿入れから袷衣に着かえること。

106 ○久しき　ここでは縁のないの意。桜時は、綿入れであるため。

しれるもの、尼のねがひありて西方寺《さいはうじ》に籠りけるを望にまかせつかはしにとてう月三日かの寺に行て

107 我はまだ浮世をぬがでころもがへ

108 恋のない身にも嬉しや衣がへ

109 花惜《を》しむけ〔気〕も夏山の柴車

110 きかぬやうに人はいふなり時鳥《ほととぎす》

おなじ雲井のほとゝぎす

111 ほとゝぎす耳すり払ふ峠かな

107 ○西方寺 『仏兄七くるま』に「北野の西方寺」とある。北野真盛辻子(しんせいつじ。今の上京区真盛町)にある。天台浄土にて坂本西教寺に属す(拾遺都名所図会)。

108 ○『仏兄七くるま』は中七「身にさへ嬉し」。

109 ○柴車 柴積車。柴を積んで運ぶ車。

111 ○雲井 雲のかかっている遠方。「雲井」と「時鳥」は付合語(類船集)。

112 ○雲枕 不詳。夢見心地を言うか。「枕」と「さむる」(覚むる)は縁語。

113 ○六玉川の一つ摂津国三島の玉川が分明でないこと。

112 雲枕花の気《け》さむるほとゝぎす

113 津の国の玉川しれずほとゝぎす

傘のしるしに

114 此夏はいく度《たび》きかんほとゝぎす

鳥羽縄手を通りて

115 空に鳴《なく》や水《みづ》田《た》の底のほとゝぎす

江戸にて

116 あちらむく君も物いへ郭公《ほととぎす》

117 なまじい〔ひ〕にいく夜むかしの時鳥《ほととぎす》

114 ○傘のしるしに　雨で傘をさした記念にの意。有賀長伯の『初学和歌式』(元禄九年刊)に「月、雨、雲はほとゝぎすの好むもの也」。○順水編『渡し船』(元禄四年刊)は、前書「卯月の初傘にしるしせよといひしに」、中七「幾度も聞ン」。

115 ○鳥羽縄手　京都の南郊の畦道。芭蕉に「鴈さはぐ鳥羽の田づらや寒の雨」(西華集)。

116 ○『仏兄七くるま』の正徳五年(一七一五)の条に「正徳五乙未のとし江戸よし原にて」の前書。○君　遊君。江戸吉原の遊女。郭公の本意「稀(まれ)にきゝ、珍しく鳴、待かぬるやうに詠みならはし候」(連歌至宝抄)を踏まえての句作り。

117 ○なまじいに　無理やりに。○正徳五年の作(仏兄七くるま)。○「時鳥」は、昔馴染んだ遊女のメタファー(隠喩)か。

題呉猛

118 蚊をよけて親の鼾《いびき》や時鳥

119 夜の後灯《ともしび》白しほとゝぎす

奈良にて

120 神《かう》〱《がう》と春日《かすが》茂りてつゞら山

121 非情にも毛深き枇杷の若葉哉

みよしのゝ川上に業平の隠れたまひし所とてありけるに人の発句せよと望みければ彼男のむかし杜若《かきつばた》の例にならひてむばらの花といふ言葉を沓《くつ》かぶりにを《〔お〕》きて

122 むかしとへば卵塔までの葉末かな

118 ○『仏兄七くるま』の正徳六年(一七一六)の条に「卯月の中比丸や彦左衛門が家に音づれけるに呉猛を書たる絵に讃望みし程に即時」の前書。呉猛は、二十四孝の一人。自分の身を蚊にくわせ、親の方に蚊が行かないようにした。

119 ○『仏兄七くるま』は上五「夜を跡に」。

120 ○神〱と 形容詞「神神し」の語幹に格助詞の「と」が付き副詞化した語。尊く厳かに。○春日 大和国の春日山。○つゞら山 葛(つづら)の生い茂った山。

122 ○業平…所 『吉野郡名山図志』に「業平朝臣の塚は、坪内村より東、小原村にあり。昔は塚のみなりしに、今は石碑をたつ。『和州旧跡考』曰く、業平朝臣、芳野の川上の石窟、天川といふ所にて、入定ありと」と見える。○杜若の例 『伊勢物語』の「かきつばた」の五文字を句の頭に置い

卯月廿七日西吟《さいぎん》へ行て

123 葉なりとも西吟桜ふところに

おなじく帰るさに

124 けふの日をさぞ五月雨《さみだれ》におもひ出《いで》ん

橘にておの〳〵発句せし時

125 雨ぞふる寝てたち花の起てもぞ

旅行の里

126 のり懸《かけ》や橘にほふ塀の内

127 心ならでまはるもお〔を〕かし茶引草《からすむぎ》

つく〴〵とおもふ

128 我むかし踏つぶしたる蝸牛《くわぎう》哉

ての「から衣きつつなれにしつましあればはるばるきぬるたびをしぞ思ふ」を指す。○沓かぶり　折句の一。各句の初めと終りに「むばらの花」の六文字を詠み込んでいる。「むばら」は茨(いばら)のこと。○むかし　「むかし男」である業平を暗示している。○卯塔　六角または八角の台座の上に卵形をした塔身を載せた石塔。

123 ○卯月　元禄二年(一六八九)の四月(仏兄七くるま)。○西吟桜　謡曲「西行桜」等で知られる西行桜をもじったもの。西吟は、宗因門の俳人。西鶴の『好色一代男』の版下を書き、跋文を執筆している。宝永六年(一七〇九)没。

124 ○おなじく　123の句と同日の作か(初稿本系『仏兄七くるま』参照)。

125 ○『仏兄七くるま』の宝永二年(一七〇五)の条に「金毛亭にて橘といふ題を出して発句所望せし

129 我《われ》が身の細うなりたや牡丹畑

130 後《のち》に飽《あく》蚊にもなぐさむはし居哉

131 猫信がつまにおくれし悼
夜もさぞな明《あけ》やすひ〔い〕とは偽りと

132 海音快気のよろこびに発句乞《こは》れて
遣《やり》はなつ心車に飛《とぶ》ほたる

133 卯月廿七日道聞といふ医師の新宅にてほ〔発〕句望れしを
此《この》軒にあやめ葺《ふく》らん来月は

134 端午
葦原や豊の粽《ちまき》の国津風

時」の前書。

126 ○のり懸　二十貫目の荷物を積み、人を一人乗せる駄馬。

127 ○心ならで　自分の意志とは関係なく。○茶引草　烏麦。雀麦（からすむぎ）とも表記。爪の上に穂粒を載せると回るので、茶臼を挽くようだというので「茶挽草（ちゃひきぐさ）」（茶引草）と呼ばれた（和漢三才図会）。

128 ○団水編『秋津嶋』（元禄三年刊）は上五・中七「其昔踏にじりたる」。

130 ○はし居　端居。涼気を求めて端近くでくつろぐこと。後代（寛政期）夏の季語となる。

131 ○『仏兄七くるま』は「おなじ年猫信が妻におくれしを悼て送る」の前書。「おなじ年」は、宝永二年（一七〇五）。○猫信　百丸編『在岡俳諧逸士伝』（享保八年序、跋）に見える俳人。没年等不詳、

135 恋しらぬ女の粽ぶ形《なり》なり

人の旅宿にて

136 壁一重雨をへだてつ花あやめ

137 螢見や松に蚊《か》帳《や》つる昆《こ》陽《や》の池

138 藪垣や卒《そ》都《と》婆《ば》のあい〔ひ〕を飛《とぶ》ほたる

139 野のすへ〔ゑ〕やかりぎ畑をいづる月

140 さつき雨たゞふるものと覚へ〔え〕けり

享年五十。

132 ○『仏兄七くるま』は「同じく(享保)六辛丑　紀海音病後のよろこびに一枚摺をするとて螢の発句乞ける程に」の前書。○海音　大坂の浄瑠璃作者。寛保二年(一七四二)没、享年八十。貞峨と号する俳人としても活躍。享保六年(一七二一)は五十九歳。○心車　浮き立つ心を車に譬えたものか。

133 ○廿七日　『大悟物狂』『仏兄七くるま』は、ともに「卯月廿八日」(元禄二年)とする。○あやめ葺らん　貝原好古篇録、貝原益軒刪補『日本歳時記』(貞享五年刊)の五月四日の項に「国俗、今日、艾(よもぎ)、菖蒲を屋ののきに挟む」とある。

134 ○「豊葦原之千秋長五百秋(ちあきながいほあき)之水穂国」(古事記)から発想の句。「千秋」から「粽」へ(地口(じぐち))。「芦(あし)」と「粽」は付合語(類船集)。

141 五月雨にさながら渡る二王かな

142 さみだれや鮓《すし》のおもしもなめくじ〔ぢ〕り

西吟興行

143 侘《わび》ぬれど毛虫は落ぬ庵《いほり》哉

144 竹のこや雪隠《せっちん》にまで嵯峨の坊

145 やれ壺におもだか細く咲《さき》にけり

鵜飼

146 鵜と丶もにこ丶ろは水をくゞり行《ゆく》

136 ○『仏兄七くるま』は「鶏賀江府の旅宿に行て床の生花を」と前書。鶏賀(江原氏)は、京の俳人。

138 ○『仏兄七くるま』に「鳥羽の辺りを通りて」の前書。

139 ○かりぎ　刈葱。葱の一品種。夏刈って食用とする。

140 ○さつき雨　長伯『初学和歌式』に「日をへてはれやらぬ心相応也」と見える。○『大悟物狂』は上五「五月雨は」。

---

144 ○『仏兄七くるま』に「嵯峨にて」の前書。○坊　僧坊。

145 ○おもだか　沢瀉。水田、池沼に自生する多年草。

146 ○『仏兄七くるま』は「鵜をつかはせてとて舟にてながら川に遊ぶ」の前書。

148 ○『仏兄七くるま』の宝永元年(一七〇四)の条に「伊丹より大

147 根は草の水に花置く池のうへ

大坂へ行て東行興行に

148 草の花の水にまかせて根をひかへ

149 夕暮は鮎の腹見る川瀬かな

みや川町にあそびて

150 飛鮎の底に雲ゆく流かな

151 蜘《くも》の巣はあつきものなり夏木立

鶯の声なかりせば目白哉　といへるを今ならば

152 鶯や音《ね》を入《いれ》て只青い鳥

坂に出て　東行興行」の前書。東行は、大坂の俳人。生没年等未詳。『東行撰集抄』の編がある。○蘭風編『萱埜艸(かやのぐさ)』(宝永五年刊)は、上五「艸の花」。○草の花　萍(うきくさ)の花(夏の季語)のこと。

149 ○『鬼貫発句集』に「さくら塚の西吟へおとづれて帰るさに」の前書。元禄二年(一六八九)の作。

150 ○『仏兄七くるま』は「宮川町に遊びける日ある人の所望に」の前書。○みや川町　宮川町。京加茂川の東岸。小芝居があった(花洛名勝図会)。○『仏兄七くるま』は上五「とび鮎の」と表記。

152 ○『大悟物狂』は、前書「鶯の声なかりせば目白哉といへるを今ならば休也」。宗臣編『詞林金玉集』に「鶯の声なかりせば目白かな　玖也」。○音を入て「鶯音を入る」は、夏の季語(増山井)。

休計新宅

153 夏菊に露をうつたる家《いへ》居《ゐ》哉

探題蟬

154 鳴《なく》蟬のその木にもまた居つかぬ歟《か》

155 鳴《なき》せはし烏とりたるせみの声

156 ゆく水や竹に蟬なく相国寺《しやうこくじ》

己夫にゑ《〔え〕》ぼし着せて

157 夏草の根も葉もどちへどふ《〔う〕》なりと

京よりいたみへ行《ゆく》

158 水無月や風にふかれにふる里へ

153 ○『仏兄七くるま』の元禄十二年(一六九九)の条に「水無月十八日休計大坂の新宅にて」の前書。休計は俳人。宝永元年(一七〇四)没。享年不詳。

154 ○『仏兄七くるま』は「元禄十六癸未弥生十二日、出雲国丸山と聞へし人、洛の東山にて誹諧興行あり。百韻をはりておの〳〵探題をとりて」の前書。○探題「たんだい」「さぐりだい」。多くの題の中から籤によって引き当てた題で句を作ること。

156 ○『仏兄七くるま』の元禄十一年(一六九八)の条に「京にのぼりて」の前書。○相国寺 臨済宗相国寺派本山。京都五山第二。夢窓国師(疎石)が第一世。

157 ○己夫 俳人であろう。『仏兄七くるま』の宝永六年(一七〇九)三月晦日の条に「己夫が近き隣に住て久しくおとづれざりける事を句に聞えこしける」と見える。

159 さは〳〵と蓮《はちす》うごかす池の亀

小町の絵のかゝりたる家にて

160 すゞ風やあちらむきたるみだれ髪

161 夏の日のうかんで水の底にさへ

松雨興行

162 なでし子よ河原に足のやけるまで

田家

163 六月や臼をほそ〔さ〕ふ〔う〕ぞつき臼を

知牛老母死を悼

164 水無月の汗を離るゝほとけ哉

○ゑぼし着せて　元服させて。

158 ○助叟編『釿始(ちょうなはじめ)』(元禄五年刊)は「五年ぶりにて」の前書。貞享五年(一六八八)の作(仏兄七くるま)。

159 ○『大悟物狂』は中七「はちすをゆする」。

160 ○『仏兄七くるま』は「おなじ月廿九日、坂上宵闇堂にまねかれける日、土佐の光信が書(かき)たる小町の絵に」の前書。土佐光信は室町後期の絵師。生没年未詳。「おなじ月」は、元禄十二年(一六九九)六月。鬼貫には、享保八年(一七二三)に「あちらむけ後(うしろ)もゆかし花の色」の小町句もある(仏兄七くるま)。○『仏兄七くるま』は中七「あちらむいたる」。

161 ○『仏兄七くるま』に「梅青興行」の前書。

162 ○『仏兄七くるま』の元禄十三年(一七〇〇)の条に「おなじ水無月十一日三木松雨興行」の前書。

165 雲の峰なんぼ嵐の崩しても

166 夕立のまたやいづくに下駄はかん

167 夕立や隣在所は風ふいて

168 夏草に身をほめかれて旅の空

夕涼

169 なんとけふの署〔暑〕さはと石の塵を吹《ふく》

旅行

170 夏の日を事とも瀬田の水の色

---

163 ○『仏兄七くるま』は上五「水無月の」。

164 ○『仏兄七くるま』は「元禄十五壬午水無月十三日知牛が母の身まかりしを悼みて」の前書。

165 ○雲鹿編『名の兎』(享保十七年刊)には「嵐にも崩れぬもの よ雲の峰」の句形で見える。『仏兄七くるま』は「嵐にも崩れぬ物や雲の峰」。芭蕉に「雲の峰幾つ崩て月の山」(元禄二年)。

168 ○『仏兄七くるま』の元禄十六年(一七〇三)の条に「旅行」の前書、下五「旅の末」。○ほめかれて ほてらされて。

170 ○『仏兄七くるま』の宝永二年(一七〇五)の条に「水無月の比(ころ)みの、国加納に行(ゆき)ける時」の前書。○事とも瀬田の 「こととも せず」(問題にもしないで)から「こととも瀬田の」への言掛(いいか)け。

獅子谷
171 涼風や虚空にみちて松の声

旅行
172 あの山もけふのあつさの行衛《ゆくへ》哉

糺《ただす》の涼
173 日盛を花とみたらし明日も来ん

174 夏の星の顔なつかしも暮かゝる

水無月の頃舎羅《しやら》が剃髪しけるを
175 国々を秋になつたら見にまはれ

176 しらぬ人と謡《うたひ》問答すゞみ哉

171 ○『仏兄七くるま』の宝永六年(一七〇九)の条に「水無月十七日獅ゝ谷におゐて」の前書。○獅子谷　鹿ヶ谷のこと。京の大文字山の西麓。

172 ○『仏兄七くるま』は「炎天の旅行」の前書。

173 ○『仏兄七くるま』の享保二年(一七一七)の条に「水無月廿日あまり糺の涼に行て」の前書。○糺　京の下鴨神社の森。納涼で有名。○花とみたらし「花と見る」(よいものと讃美する)から「花とみたらし(御手洗)」への言掛け。『日次紀事《ひなみきじ》』の六月十九日の下鴨社の項に「今日より諸人参詣納涼の遊《あそび》をなす」と見える。

175 ○舎羅　俳人。生没年未詳。元禄七年(一六九四)の芭蕉の病床に侍し、介抱に当った。○元禄十年(一六九七)の作(仏兄七くるま)。

176 ○謡問答　謡論議のこと。能でシテとワキ、またはシテと

177 冬は又夏がましじ〔ぢ〕やといひにけり

雑

178 しよろ〳〵と常は流るゝ大井川

179 須磨に此《この》あづまからげやしほ衣

山崎にて

180 木神《こだま》せよ油しめ木の音ばかり

地謡などが交互に謡う問答形式の謡。

177 ○嵐雪編『其袋《そのふくろ》』（元禄三年刊）には「夏之部」に「夏は又冬がましじやといはれけり」の句形で見える。

178 ○大井川　京の嵐山の下を流れる大堰川か、あるいは駿河、遠江の境を流れる大井川か。

179 ○あづまからげ　裾高にするために着物の腰の両脇をからげ、帯に挟むこと。「東《あづま》からげの汐衣」（謡曲・融）。一句の眼目は、西国須磨に「あづまからげ」の面白さ。○しほ衣　潮水を汲む時に着る着物。塩焼衣。在原行平の歌に「わくらばに問ふ人あらば須磨の浦に藻塩垂れつつわぶとこたへよ」（古今集）。○「須磨」と「塩やき衣」は付合語（類船集）。

180 ○山崎　山城国の地名。「山崎」と「油」は付合語（類船

鬼貫句選　巻之三

不夜庵太祇　考訂

秋之部

初秋

181 なんで秋の来たとも見えず心から

182 そよりともせいで秋たつことかいの

183 ひら〳〵と木の葉うごきて秋ぞたつ

184 心略《ほぼ》起て秋たつ風の音

集)。○油しめ木　果実や種子を搾って油を取る器具。

182 ○月尋編『とてしも』(元禄十六年刊)に「残暑」の前書。

183 ○鬼貫編『仏の兄』(元禄十二年刊)に「初秋」の前書。

184 ○『仏兄七くるま』に「初秋」の前書。

185 此《この》露を待《まち》て寝たぞや起《おき》たぞや

初秋雨

186 初《はつ》秋《あき》のどれが露やら雨の露

187 あはれげもまたほめく夜の秋の風

188 朝も秋ゆふべも秋の暑さ哉

189 桐の葉は落《おち》ても下に広がれり

下り舟にて

190 稲づまや淀の与《よ》三《ざ》右《う》が水車《みづぐるま》

185 ○『仏兄七くるま』に「初秋」の前書。

187 ○ほめく　熱くなる。

188 ○『仏兄七くるま』に「残暑」の前書。

190 ○下り舟　伏見から大坂に下る淀川の三十石船。○与三右　秀吉、家康時代の淀の人河村与三右衛門。淀川過書船（かしょぶね）奉行。西鶴の『日本永代蔵』巻六に「山城にかくれなき与三右が水車」と見える。○水車　秋里籬島の『都名所図会（みやこめいしょずえ）』（安永九年刊）に「淀の水車はむかしよりありて耕作のためにす」と見える。

191 人の親のくるとばかりや玉まつり

192 こゝろにて顔にむかふや玉まつり

193 こぼるゝにつけてわりなし萩の露

庭の萩

194 内《うち》蔵《くら》に月もかたぶく萩の露

高井立志餞別

人むかふて笑ふわかれて思ふゆくも百三十里
とゞまるも百卅里

195 そちへふかばこちらへ吹《ふか》ば秋の風

191 ○『仏兄七くるま』に「中元」の前書。○玉まつり　魂祭。陰暦七月の盆に祖霊を供養する祭。

193 ○『仏兄七くるま』に「大坂の住三枝市郎右衛門が妻の身まかりけると聞ていひおくる句」の前書。

194 ○内蔵　母屋に接して建てられている蔵。庭蔵に対する言葉。

195 ○高井立志　二世高井立志(りゅうし)。江戸の人。宝永二年(一七〇五)没、享年四十八。○百三十里　東海道のこと。江戸までの旅程。○句は、元禄五年(一六九二)作。

家は汐津ばしといふ橋のほとり也前には軒の松風流水にひたしてなを《〔ほ〕》ひやゝかに後には野径《やけい》の虫時しも野分に吹《ふき》送りておのれ〳〵が声かすかなり今は闇なればやがて月のためにはとたのしく覚えて

196 闇《くら》がりの松の木さへも秋の風

むかふは堂嶋の新地家建《たち》ならび舟きおふ《〔ほ〕》堀江の川あらしに西海の浪をわすれ入日を惜む帰帆半《なかば》は屋上に見こして姿しらぬ旅人のわかれをおもふだに此夕はさらにもかなし

197 須磨の秋の風のしみたる帆筵《ほむしろ》か

野径《やけい》に遊ぶ

198 秋風の吹《ふき》わたりけり人の顔

196 ○『犬居士』(元禄三年刊)には、前書「家は汐津ばしと」の前に「八月三十日、大坂の市を立て、山居をはなれ、里家の閑なるを好んで福嶋に心を動し、みづから犬居士《(いぬこじ)》と呼《(よば)》て誹道をほゆ。尾もなくまた頭もなし」の一節がある。福島は大坂堂島の西(今の大阪市福島区)。○汐津ばし　蜆《(しじみ)》川(曾根崎川)に架かっていた橋。

197 ○帆筵　船の帆に用いる筵。

198 ○『犬居士』には、盤水句「秋風の野中に細し鷺のよろ」とともに「七日盤水見ゆ。つれだち出てほとりの野径に遊ぶ」の前書。元禄三年(一六九〇)九月七日のこと。盤水は、大坂の俳人。生没年未詳。

ねものがたりの里を通りて

199 ふむ足や美濃に近江に草の露

200 宵《よひ》はいつも秋にかつ気をむしの声

201 行水《ぎやうずい》の捨《すて》どころなきむしのこゑ

202 野ばなれや風に吹《ふき》くる虫のこゑ

独聞虫

203 人呼《よび》にやるも夜《よ》更《ふけ》つむしの声

199 ○初稿本系『仏兄七くるま』の宝永二年（一七〇五）の条に掲出。『仏兄七くるま』は「美濃の国へ下りける時寝物がたりといふ里をとほりて」の前書。梅盛『類船集』（延宝四年刊）の「地堺（ざかい）」の項に「ねものがたりといふ里は美濃と近江の堺とかや」と見える。また吉田東伍『大日本地名辞書』（明治三十三年刊）の近江の条には「柏原村東の界、大字長久寺と美濃国不破郡今須駅の間なる民家を、寝ものがたりの里と名づく、二国の人寝ながら、隔壁相話するが故とぞ」とある。

201 ○『仏兄七くるま』は中七「捨所なし」。

202 ○野ばなれ　人里をはなれた野辺。

右には武庫淡路のつゞき遠く聳《そび》へ〔え〕て左は伊駒かつらぎの峰はるかに高し来《きた》れる人もなければ物理む雲もなくうち晴て致景《ちけい》ことゞく的歴《あざやか》なり

204 わせるなら霧のない間に誰も哉

205 古《ふる》城《しろ》や茨《いばら》ぐろなるきり〳〵す

有岡のむかしをあはれにおぼへ〔え〕て

206 おもしろさ急には見えぬ薄《すすき》かな

207 露の玉いくつ持《もつ》たる薄ぞや

208 茫《ばう》〳〵《ばう》と取みだしたるすゝきかな

204 ○致景　美景。素晴しいながめ。○わせるなら　おいでになるならば。

205 ○有岡　荒木村重の有岡城（伊丹城）があった丘。広く伊丹の町をも言う。○古城　『摂津名所図会』の「有岡古城」の項に「池田の東北にあり。池田勝入信輝の居城なり。子息三左衛門輝政は兵庫に在城す。また池田筑後守充正の城跡いづれも顕然として古跡にその威風を遺す。これらを池田の古城といふ」と見える。○茨ぐろ　茨の生えている叢《くさむら》。

206 ○『独ごと』下巻（一七九頁）の「薄」の条参照。

208 ○茫〳〵と　草（すすき）が沢山に乱れ生えている様子。

209 ○吹からに　風が吹くやいなや。

210 ○『仏兄七くるま』に「諷竹を東湖といひし昔の宅にて筒の花入に薄を入て壁に掛たるを」

209
吹《ふく》からに薄の露のこぼるゝよ

210
此《この》薄窓より吹や秋の風

211
ゆがんだよ雨の後《うしろ》の女郎花《をみなへし》

今はむかしの秋もなくて

212
伏見には町屋のうらに鳴《なく》鶉《うづら》

伊丹あたご火

213
あたご火に稲づま光るどひやうし哉

214
芭蕉にもおもはせぶりのうこん哉

の前書。諷竹（東湖、之道（しどう））は来山門、後蕉門。宝永五年（一七〇八）没、享年五十か。

211　○女郎花　『独ごと』下巻（一八〇頁）の「女郎花」の条参照。

212　○俊成歌「夕されば野辺の秋風身にしみて鶉鳴くなり深草の里」（千載集）を踏まえる。○町屋　商家。商家の多くある地域。暁鐘成（あかつきかねなり）『宇治川両岸一覧』（万延元年刊）の「伏見」の項に「文禄三年、豊臣秀吉公御在城より町小路建ちつづき、諸侯邸第（やしき）、諸職工人、商賈、軒を列ね」と見える。

213　○伊丹あたご火　愛宕信仰にかかわっての愛宕神社の火祭り。陰暦七月二十四日に行われた。○どひやうし　度はずれて明るい様。

214　○芭蕉…ぶりの　芭蕉に見紛うようなそぶりをすること。

215 思ひ余り恋《こふ》る名を打《うつ》碪《きぬた》かな

216 朝寒のけふの日なたや鳥の声

来山が老母の死を聞て送る句

217 おもひやる只の秋さへくらされぬ

老母の身まかりける夜

218 けふの秋にいつ逢《あふ》ことぞ親にまで

富士の形は画《ゑがけ》るにいさゝかかはることなしされども腰を帯たる雲の今見しにはやかはり其《その》けしきもまた〱おなじからずして新なる富士を見ること暫時《ざんじ》にいくばくぞやあし高山はおのれひ

「うこん」を擬人化している。○うこん　ここでは鬱金の花のこと。秋の季語。花は、淡黄色。葉が芭蕉に似ている。

215 ○帰らぬ夫を、碪打ちつつ恋いわびてついに死ぬ妻をシテとしての謡曲「碪(きぬた)」を意識しての作品。芭蕉に「恋せぬきぬた臨済をまつ」(冬の日)の付句。

216 ○初稿本系『仏兄七くるま』の正徳元年(一七一一)の条に「九月十二日桃嫗のもとに行て」の前書。

217 ○初稿本系『仏兄七くるま』の元禄十四年(一七〇一)の条に「おなじ七月十六日来山老母の死去、月の末に聞付て送る句」の前書。来山は、鬼貫と親交のあった大坂の元禄期を代表する俳人。享保元年(一七一六)没、享年六十三。

218 ○初稿本系『仏兄七くるま』の元禄十六年(一七〇三)の条に

とり立ならば並びなからん外山《ほかやま》の国に名あるはあれど古今景色のかわ〔は〕らぬこそあれ

219 にょつぽりと秋の空なる富士の山

夕ぐれにまた

220 馬はゆけど今朝の富士見る秋路哉

221 うら声といふにもあらで鴈《かり》の声

222 雁がねの跡に飛ゆくむら鳥

223 むかしから穴もあかずよ秋の空

「八月五日老母身まかりける夜」の前書。

219 ○あし高山　足高山、愛鷹山とも。駿河国の東部の山。富士火山帯に属する。海抜一一八八メートル。○外山　富士山以外の日本の山。

221 ○昌房宛鬼貫書簡には「うら声といふにもあらず天津鴈」。

223 ○穴もあかず　「穴のあくほど見る」で、じっと見詰めること。後代の成美に「秋の空あなのあくほど見られけり」。

224 来山が妻の追悼
荻の葉そよぐゆふべさよ更《ふく》る砧《きぬた》ねやにさし入《いる》月
かげつれてわたる雁がね人の妻の摺鉢の音
うつゝなの夜とは秋とは今ぞ嘸《さぞ》
踏ては花をやぶりふまずしてはゆく道なし

225 野の花や月夜うらめし闇ならよかろ

老母をいざなひて
226 風もなき秋のひがんの綿帽子

旅泊
227 衣うつ京へは遠き寝覚かな

228 犬つれて稲見に出れば露の玉

224 ○初稿本系『仏兄七くるま』の宝永四年(一七〇七)の条に掲出。『仏兄七くるま』は「来山が妻にはなれし時送る。萩の葉そよぐゆふべ、小夜ふくる碪(きぬた)、つれてわたる雁がね」の前書。○つれて 連なって。○うつゝなの 放心状態の。

225 ○野の花 杉村友春『温故日録』(延宝四年刊)に「連歌には打まかせて野の花秋也」と見える。○月夜…よかろ 歌謡集『山家鳥虫歌』(明和九年刊)の「和泉」の部の「月夜うたてや闇ならよかろ待たぬ夜に来て門(かど)に立つ」による。

226 ○綿帽子 真綿を平たくして作ったかぶりもの。男女共に防寒のため。○元禄十一年(一六九八)の作。鬼貫三十八歳。

227 ○初稿本系『仏兄七くるま』の宝永五年(一七〇八)の条に掲出。『仏兄七くるま』では、「越前国大

家せばくておほからぬ道具さへ置所なくそこ〳〵に棚などつらせて昼のころまでは陋《せば》しやう〳〵ほこりはき捨て安座す

229 吹《ふく》風や稲の香にほふ具《ぐ》足《そく》櫃《びつ》

待宵

230 あすみちて明日《あす》かける月のけふこそな

231 秋はもの丶月夜烏はいつも鳴く

名月　十九句

232 月よけふよ去年《こぞ》の命に花ぞ咲《さく》

233 珍しと我影さへや窓の月

野の城主につかへて八月廿一日初て彼地に到（いたり）て」の前書のある「どふ寝ても慥（たしか）な秋の寝覚哉」の句に続いて、「おなじ時」と前書してこの句がある。

229 ○『犬居士』は、前書の最初に「明れば長月朔日」の一節がある。元禄三年（一六九〇）の大坂より福島への移住。脚注196参照。○具足櫃　武具、その他の所持品を入れる櫃。

230 ○待宵　陰暦八月十四日の夜。

231 ○鬼貫の念頭に「もののあはれは秋こそまされ」（徒然草）がある。

232 ○去年の命　昨年の仲秋（陰暦八月十五日）の名月以来の月、の意。月を擬人化。○花ぞ咲　再び名月となることを言ったもの。発句236参照。○『仏兄七くるま』は下五「花や咲く」。

234 月をとて漸《やうや》く雲のちぎれ〳〵

235 野も山も昼かとぞ首のだるくこそ

236 木も草も世界皆花月の花

連哥

237 見るほどはいはれぬ月の今宵哉

病後

238 しみ〴〵と立《たち》て見にけりけふの月

夜半の雨後

239 名月や雨戸を明てとんで出る

234 ○『仏兄七くるま』に「三五夜雨あがりて」の前書。

236 ○世界 仏教用語。人や生物の住む全国土。

237 ○連哥 ここでは、俳言(はいごん。俗語、漢語)等の用いられていない五・七・五の発句。

238 ○初稿本系『仏兄七くるま』は「元禄七戌のとし名月病後」の前書。

240 更《ふけ》行《ゆく》や花は紙にも押《おす》ものを

241 此《この》秋は膝に子のない月見哉

242 愚痴〳〵と独《ひとり》に更る月見かは

243 明《あけ》なばの俤《おもかげ》爰《ここ》ら窓の月

244 月は此《この》今宵に明《あけ》て何ひとつ

父の身まかりける忌中の名月

245 虫も鳴《なき》月も更たり忌《いみ》の中《うち》

241 ○『仏兄七くるま』に「元禄十三庚辰利陽童子に別れし八月十五夜に」の前書。利陽童子は、元禄十三年（一七〇〇）一月十五日に六歳で没した長子永太郎。

242 ○愚痴〳〵と　態度がはっきりしない様子。

245 ○『仏兄七くるま』は「元禄四年辛未のとし八月八日に父の身まかりける忌中なりし名月に」の前書。父は宗春。享年八十八。元禄四年（一六九一）、鬼貫は三十一歳。

名月くもりければ

246 春ならば朧月とも詠《なが》めふ〔う〕に

良夜大雨

247 しよぼ〱に降なら月を〱とも

十五夜雨ふりければ

248 何の木と見えて雨ふる今宵哉

249 どこ更る空のあてども雨の月

250 灯火《ともしび》やおのれがほなる雨の月

歌人は居ながら入唐《にったう》す

251 秋の月人の国まで光りけり

247 ○『仏兄七くるま』は上五「しよぼ〱と」。

248 ○『仏兄七くるま』の宝永七年(一七一〇)の条に「おなじ夜鶏賀宅にまねかれて所望雨ふりければ」の前書。

251 ○歌人…入唐す　重頼『毛吹草』(正保二年刊)に「哥人はゐながらめいしよをしる」。

252 富士の山にちい〔ひ〕さうもなき月し哉

253 見ぬけれど月の為には外《そと》の浜

254 中秋十七日女《むすめ》の身まかりけるを
ゆく水にうき世の月もきのふ哉

述懐
255 銀《かね》もてばとかくかしこし須磨の月

256 月《つき》代《しろ》やむかしの近きすまの浦

257 樅《もみ》の木のすんと立《たち》たる月夜哉

253 ○月の為には　謡曲「善知鳥（うとう）」に「月のためには外の浜心ありける、住まひかな」。○外の浜　謡曲「善知鳥」に「我いまだ陸奥（みちのく）外の浜を見ず候程に、此度（このたび）思ひ立ち外の浜一見と志して候」。外の浜は、津軽海峡に面した東部最端の浜辺との説がある。歌枕。

254 ○『仏兄七くるま』は「しれる人の娘の身まかりけるを悼ておくる」の前書。

255 ○かしこし　ぐあいがよい。

256 ○月代　月の出の時、空が白んで見えること。○轍士『花見車』（元禄十五年刊）は中七「むかしに近き」。

257 ○すんと　すっきりと。

258 遊女の絵に讃す
どの方《かた》をおもふてゐるぞ閨《ねや》の月

259 袖が浦といふ盃に
うつゝなや現《うつつ》なの月の袖に〳〵

260 後《のちの》名月
名月や纔《わづか》の闇を山の端に

261 後の月年まめなどいふことを
豆を喰て豆の花とも詠《ながめ》ばや

後名月
けふは梢の松風もくれぬさきより東山の峰をまねきて実《げに》非情さへとみゆ猶頃さりて十五夜の雨も今宵の空に晴て月明《めい》〳〵《めい》たり

258 ○『仏兄七くるま』は、「遊女の絵に」の前書で、「どの空を心にもちて閨の月」の句形。

259 ○『仏兄七くるま』は「おなじく天嶺が袖の浦といふ盃に所望」の前書。「おなじく」は、「洛の」。

260 ○後名月 陰暦九月十三夜の月。豆名月。

261 ○年まめ 年齢の数食べる豆。○月尋編「豆名月」を意識。○月尋編『とてしも』、『仏兄七くるま』は、上五「豆喰ふて」。

262 後《のち》の月雨の降《ふる》時けふの月

十五夜も雨なりける十三夜もふりければ

263 又の月もあふのいてこそ甲斐はあれ

貞享四の秋長月十七日の夜更行まゝに庭のけしき人はしらず

264 今の心是《これ》こそ秋の秋の月

おなじ夜ねられぬほどにこゝかしこをめぐりて

265 いとゞ鳴《なき》猫の竈《かまど》にねむるかな

266 破《やれ》芭《ば》蕉《せう》やぶれぬ時もばせを哉

宗因墓

267 宗因は春死なれしが秋の塚

262 ○頃　時期。

264 ○今の心　貞享四年（一六八七）五月より筑後国三池藩主立花主膳に仕えることになって、その心で見る月。

265 ○いとゞ　四時堂其諺『滑稽雑談』（正徳三年序）に「竈馬（かまどうま）をいとゞと云よし也」。蝦蟋蟀（えびこおろぎ）。芭蕉句に「海士（あま）の屋は小海老にまじるいとゞ哉」。

267 ○『大悟物狂』は「宗因廟今もこの翁の道広し。長月の比（ころ）その道をしたひ行て我つゝしみ言の葉草を手向（たむけ）ぬ」の前書。宗因風の総帥宗因が没したのは、天和二年（一六八二）三月二十八日、享年七十八。墓は大坂天満西寺町（今の北区兎我野町）西福寺。

268 久かたや朝の夜《よ》るから空の菊

重陽

269 菊の香のひとつをのこす匂ひ哉

翁屋阿貢月次初会

270 よも尽じ草の翁を露払《つゆはらひ》

旅泊病

271 ながき夜を疝《せん》気《き》ひねりて旅ね哉

272 落穂拾ひ鶉《うづら》の糞《ふん》は捨にけり

273 古寺や栗をいけたる椽《えん》の下

268 ○『仏兄七くるま』に「誹諧あさのよるの巻頭、伏見人重陽の句を集て板行せし書也」の前書。ただし『誹諧あさのよる』は、散逸。○朝の夜る　朝まだ明けきらないで薄暗いころ。○空の菊「久かた」の「空」の花のごとき菊。菊は「星にまがへ」て詠む(初学和歌式)。

269 ○重陽　陰暦九月九日の菊の節句。○のこす「菊は諸花の終に咲物」(初学和歌式)。

270 ○阿貢　伊丹の鬼貫門の俳人。次山氏。「翁屋」は庵号。○よも尽じ　謡曲「猩々」の詞章に「よも尽きじ。万代までの竹の葉の酒」(夏石番矢氏の教示)。○草の翁　里村紹巴『連歌至宝抄』(天正十四年成)に「翁草　菊の異名なり」。「翁屋阿貢」の月次句会への挨拶。

271 ○疝気　下腹痛。鬼貫の持病か。去来句に「夕涼み疝気お

274 しろく候《そろ》紅葉の外は奈良の町

　文台記

みむろ山の嵐は立田川の錦におち、別所山の紅葉は今、江原氏鶏賀の家にながれよりて、世に其名を照す。

寸法は、

　高サ　三寸壱歩

　竪　　壱尺八歩

　横　　壱尺九寸

裏には、

　別所山満願寺尊悟寺住之時興昌寄進之

と朱を以てならべたり。蒔絵はむかしの秋、底に匂ひて、夕《ゆふべ》に月をおもひ、朝《あした》に奥山の声をしたふ。実《げに》月日とこしなへに流れて、ちらぬ影さへ眼に沈み、やをらこしかたをおもふに、いくばくの人の心の種となりけんぞと、知らぬ言の

こしてかへりけり」(去来抄)。

275 ○みむろ山　三室山。大和国龍田にある神奈備山のこと。「龍田川もみぢ葉ながる神奈備の三室の山に時雨降るらし」(古今集)。○別所山　満願寺の山号か。

葉の数さへすゞろに恋しくこそ侍れ。ことし宝永ひのとの亥の秋、菊の花むすぶ窓のもとに筆を置ぬ。

275 むかし色の底に見えつゝ花紅葉

寄謡無常

276 目をさませ後しらぬ世の紅葉狩

277 あゝ蕎麦ひとり茅屋《ばうをく》の雨を臼にして

278 草の葉の岩にとりあふ老母草《おもと》かな

279 木にも似ず扨《さて》もちい〔ひ〕さき榎《え》の実哉

『拾遺都名所図会』に見える京岡崎の満願寺か。鶏賀所持の文台(俳諧の席で用いる机)銘でもあるか(あるいは銘は「紅葉」か)。○尊悟　天台寺門宗、近江国園城寺の学僧。八十四代長吏。伏見天皇の第六皇子。延文四年(一三五九)没。享年五十八(日本仏家人名辞書)。○興昌　不詳。○宝永ひのとの亥　宝永四年(一七〇七)。

276 ○寄謡無常　謡曲「紅葉狩」(維茂が美女に化けた鬼女の酒に酔い臥すが、戸隠明神の霊夢によりこれを退治する)に無常を見たものか。「夢ばし覚まし、給ふなよ夢ばし覚まし給ふなよ」(紅葉狩)。

277 ○「文字をけうとくあました」(独ごと)いわゆる「長発句(ちようほつく)」(俳論)。破調の句。芭蕉句、「茅舎ノ感」の前書のある「芭蕉野分(のわき)して盥(たらひ)に雨を聞(き)く夜哉」(武蔵曲)が念頭にあっ

280 去程にうちひらきたる刈田かな

賀

281 言の葉の落穂拾ふもたのみかな

九月尽《くぐわつじん》

282 むかしやら今やらうつゝ秋のくれ

雑

283 来いといふ時にはこいでを《〔お〕》ふ《〔う〕》いおい

恋

284 君もさぞ空をどこらを此ゆふべ

契不逢恋

285 油さしあぶらさしつゝ寝ぬ夜哉

たか。○蕎麦　ここでは新蕎麦で、秋。蕎麦粉を前にしての感慨。

278 ○とりあふ　調和する。

280 ○去程に　そうしている間に。

281 ○『仏兄七くるま』は「賀　言水五十哥仙の内此句にて両吟あり何のすがたに入」の前書。一句の初出俳書は、鶏賀編『何の姿』(宝永七年刊)。ただし言水との両吟歌仙は見えない。宝永七年(一七一〇)、言水は六十一歳。「賀」は、還暦(華甲)の賀。

282 ○九月尽　陰暦九月末日。行く秋を惜しんでの和歌以来の季語。

283 ○『仏兄七くるま』の元禄十六年(一七〇三)の条には、長文の前書がある。補注1参照。

284 ○『鬼貫発句集』は、前書「独吟恋百韻　千句の内」、上五「星も嘸(さぞ)」。脇「そゞろながらになみだ吹(ふく)風」、第三「夢見せた枕ひとつに気をなれて」を掲出。

鬼貫句選　巻之四

不夜庵太祇　考訂

冬之部

286 あたゝかに冬の日なたの寒き哉

287 夕《せき》陽《やう》や流石に寒し小六月

大坂へ着《つき》て

288 つめたいにつけてもゆかし京の山

福島住居のとし

289 冬もまた松の木持《もち》てむかひけり

286 ○『仏兄七くるま』は「元禄二己巳小春」の前書。○朧麿(遠舟)編『姿かな』(元禄五年刊)は中七「冬の陽(ひなた)は」。

287 ○『鬼貫発句集』は、前書「十月十三日伊予国羨鳥京に登りて興行」、上五「夕陽の」。正徳二年(一七一二)の作。○小六月　陰暦十月の異称。

288 ○初稿本系『仏兄七くるま』の享保三年(一七一八)の条に「十二月十二日大坂に着て」の前書。○『仏兄七くるま』は中七「つけてもおもふ」。

289 ○とし　元禄三年(一六九〇)(初稿本系仏兄七くるま)。

290 つく〴〵とものゝはじまる火燵《こたつ》哉

291 さゝ栗の柴にからるゝ小春哉

292 なんと菊のかなぐられふ〔う〕ぞ枯てだに

293 物すごやあらおもしろや帰り花

世の中をすてよ〳〵と捨させて
あとからひろふ坊主どもかな

294 古寺に皮むく椶櫚《しゆろ》の寒げ也

在郷

295 種なすび軒に見えつる夕《ゆふべ》かな

293 ○『其袋』は中七「あらおもしろの」。挙堂『真木柱』(元禄十年刊)は「あらすさまじや」。

294 ○世の中…かな　狂歌。鬼貫自作か。

296 麦蒔や妹《いも》が湯をまつ頬かぶり

297 葉は散《ちつ》てふくら雀が木の枝に

宇治にて

298 冬枯や平等院の庭の面《おも》

299 枯芦や難波入江のさゝら波

久しく交《まじは》りける友の身まかりけるときこへ〔え〕侍りければいとゞさへ旅のね覚は物うきを

300 木がらしの音も似ぬ夜のおもひ哉

301 ひうくと風は空ゆく冬牡丹

296 ○鶏賀編『何の姿』(宝永七年刊)は「在郷」の前書。

297 ○ふくら雀　寒さを防ぐために羽毛をふくらませた雀。ただし季語ではない。この句は、「木の葉散る」で冬。

298 ○平等院　山城国宇治にある天台、浄土宗兼学の寺。鳳凰堂が知られている。

299 ○さゝら波　小さな波。さざなみ。

300 ○初稿本系『仏兄七くるま』の正徳四年(一七一四)の条に「長田沼務死去の由聞て送る」とあり前書に続く。この時、鬼貫は江戸。

302 茶の花や春によう似た朝日山

303 皆人の匂ひはいはじ枇杷の花

304 川越て赤き足ゆく枯柳

305 青空や鷹の羽せゝる峰の松

白拍子《しらびやうし》の尼になりて久しくすみける庵に立よりて

306 引かへて白い毛になるつはの花

307 荒《ある》るものと知《しれ》ばたふとし神送《かみおくり》

302 ○朝日山　暁鐘成『宇治川両岸一覧』に「宇治川の東にして、この峯より朝日出でて春の日の遅々たるを知る」と見える。「宇治」と「茶」は付合語(類船集)。

304 ○赤き足　冷たさのため赤くなった足。

305 ○『仏の兄』は、前書「鷹の題をとりて」、上五「青雲や」。○せゝる　つつく、こづく。

306 ○白拍子　遊女。○引かへて　それとは(尼になるのとは)変って。「尼」と「つはの花」の対比。「つはの花」を擬人化。

307 ○神送　十月一日に出雲大社に参集する神を送る神事。西鶴『男色大鑑』巻三の一に「折ふし神送の空おそろしげに、五色の雲さはぎて」とある。

308 時雨《しぐれ》ても雫みじかし天王寺

309 おとなしき時雨をきくや高野山

野もかれ落葉さへなき頃関をくゞりて不夜城に入ば花ありて姿寒からず哥はふしなふ《〔う〕》て匂ひあり声はこけるといふたぐひならで玉あり折ふしの雨むかしをそぼちて更にわれをせむ

310 糸に只《ただ》声のこぼるゝしぐれかな

311 ねられぬやにが〳〵しくも鳴《なく》千鳥

312 千鳥鳴《なく》須磨の明石の舟にゆられ

309 ○高野山　紀伊国の真言宗総本山金剛峰寺を中心とする山地。

310 ○『仏兄七くるま』は「宝永五戊子十二月十五日の夜金毛誘引」とあって前書に続く。金毛は、延享三年（一七四六）に八十歳で没している京の俳人。言水門。○不夜城　京島原の遊廓を指す。○こける　嗄（しわが）れる。○糸　琴、三味線等の弦楽器。

311 ○初稿本系『仏兄七くるま』に「物おもふ身に」の前書。さらに句の後に「此句住吉詣に入元禄六」とある。俳書『住吉詣』は不詳。

313 汐《しほ》汲《くみ》や千鳥のこして帰る海士《あま》

314 家鴨《あひる》かとおもふ人なし沖の鴨

筑後三毛領にて

315 遠干潟沖はしら浪鴨の声

316 水鳥のおもたく見えて浮にけり

おもふに花の頃より其かたち凋《しほ》み時鳥の声きく夜毎も懶《ものう》き閨《ねや》さぞなにやありけん散かゝる紅葉のころ故郷を都にわかれて立かへる秋をしらぬ身のあはれさよはや時うつり一生爰《ここ》に尽《つき》て月も日も十に満る夜あらしに鐵卵去て来《きた》らず是《これ》何者

313 ○『仏兄七くるま』は、前書「鳴海の人千鳥の題にて発句所望」、上五「くむ汐や」。初稿本系『仏兄七くるま』は「辰のとし」の前書。正徳二年(一七一二)の作。

315 ○三毛領　鬼貫は、貞享四年(一六八七)五月、筑後国三池藩主立花種明に仕えることになった。

ぞ我また是何者ぞ空々寂々夢又夢それが中に親しみにひかれてきのふけふをばおもはざりしをとおもふもこれ又何事ぞや

317 いつも見るものとは違ふ冬の月

318 宵月の雲にかれゆく寒さかな

旅泊

319 膝がしらつめたい木曾の寝覚哉

夜話

320 灯火《ともしび》の言葉を咲《さか》すさむさ哉

321 待《まつ》宵《よひ》の頭《づ》巾《きん》や耳をあけてゐる

317 ○鐵卯　脚注73参照。○きのふ…おもはざりしを　業平の歌「つひに行く道とはかねて聞きしかど昨日今日とは思はざりしを」(古今集)を踏まえる。

318 ○かれゆく　離(か)れ行(ゆ)く。離れていく、遠ざかっていく。

319 ○膝がしら　膝の前の部分。○木曾　信濃国南西部。木曾川上流域。

320 ○『鬼貫発句集』は「鶏賀宅にて」の前書。○「言葉」と「咲す」は縁語。

321 ○待宵　人を待っている宵。足音に敏感なのである。秋の季語の「待宵」ではない。○舎羅編『蓑笠』(元禄十二年刊)は中七・下五「づきんの耳を出して居る」。

322 紙子《かみこ》着て見ぬ唐土《もろこし》のほとゝぎす

餞別
盤谷はかたちまで才覚あり

323 漸《やや》のびて冬のゆく衛〔へ〕やよいつぶり

山家契

324 はづかしや榾《ほた》にふすぼる煙草《たばこ》頰《づら》

初雪に友をまねきにつかはしける

325 我宿の雪のはしり穂見にござれ

326 白妙のどこが空やら雪の空

327 雪《ゆき》路《ぢ》哉薪《たきぎ》に狸折そへて

322 ○紙子　和紙に柿渋を塗り、よく干した後夜露にさらす工程を数度経た後の紙で作った着物。脚注395参照。

323 ○盤谷　大坂の俳人。寛延元年(一七四八)没、享年七十(元禄俳諧集)。○つぶり　頭。○元禄十五年(一七〇二)の作。

324 ○ふすぼる　すすけて黒ずんだ。

325 ○初稿本系『仏兄七くるま』は「元禄三霜月三日初雪に友をまねきにつかはしける」の前書。○はしり穂　初雪を「はしり穂」に見立てた表現。○『仏兄七くるま』は下五「見にきませ」。

326 ○『仏兄七くるま』は「雪中」の前書。

327 ○薪に…そへて　謡曲「忠度(ただのり)」の詞章の中に「薪に花を折りそへて」。そのパロディー。

十二月二日初雪

328 この雪が降《ふら》ふ〔う〕〳〵と師走まで

329 富士の雪我《われ》津の国の者なるが

寒苦

330 雪の降《ふる》夜《よ》握ればあつき炭《た》団《どん》哉

331 雪で富士歟《か》富士にて雪かふじの雪

しれる人の中むつまじう今は関守もなくてたのしめる宿に行て

332 雪に笑ひ雨にもわらふむかし哉

328 ○坡山、東海編『虚空集《こくうしゅう》』(元禄十六年刊)は、前書「臘三」、中七「ふるか〳〵と」。

329 ○『仏兄七くるま』は下五「生れ也」。

330 ○寒苦　寒さに苦しむこと。○『仏兄七くるま』は、「極寒」の前書、下五「炭火哉」。

331 ○『大悟物狂』は「雪で富士か不二にて雪か不尽の雪」と表記。

〔を〕おさなき子におくれし人のもとへ悼《いたみ》て申《まうし》つかはしける

333 ちらとのみ雪はうき世の花候な

飯《めし》後の雪を

334 鰒《ふぐ》くふて其《その》後《あと》雪の降にけり

335 ふくと程鰒《ふぐ》のやうなるものはなし

336 水よりも氷の月はうるみけり

337 井のもとの草葉におもき氷柱《つらら》哉

334 ○『大悟物狂』は「貞享四年霜月廿九日飯後の雪を」の前書。『仏兄七くるま』は「貞享二臘月廿七日」の前書。

335 ○ふくと「ふぐと」とも。鰒(河豚)のこと。芭蕉に「あら何ともなやきのふは過てふくと汁」。○『其袋』は中七「鰒(ふぐ)によう似た」。「ふくと」の表記は「河豚」と漢字になっている。『真木柱』は中七・下五「鰒によう似た物もなし」。『真木柱』の下五では、句意が違ってくる。編者の恣意による杜撰か。

338 何ゆへ〔ゑ〕に長みじかある氷柱ぞや

339 朝日かげさすや氷柱の水車《みづぐるま》

340 寝て冷《ひえ》て空《くう》也《や》きことて覚《さめ》はせぬ

341 殊勝也牛の糞ふむ鉢たゝき

342 われが手で我顔なづる鉢扣《はちたたき》

343 鉢扣古うもならず空也より

340 ○空也　鉢叩の唱える空也念仏のこと。空也僧は、鹿の角の杖を持ち、弥陀の名号を唱え、瓢簞をたたき、鉦を鳴らして歩いた。○きことて　聞いたとしても。

341 ○鉢たゝき　半僧半俗の空也僧。陰暦十一月十三日の空也忌より四十八日間、洛中、洛外を勧進しながら巡った。

343 ○空也　平安時代中期の天台宗の僧。天禄三年(九七二)没。享年七十。鉢扣の唱える空也念仏を始めた。

344
節季候《せきぞろ》や臼こかし来て間《ま》がぬける

345
世の花や餅の盛りの人の声

歳暮

346
惜めども寝たら起たら春であろ

347
月花を見かへすや年の峠より

348
花雪やそれを尽してそれを待《まつ》

349
鏡を磨《とが》ふ〔う〕春まつ老の若ざかり

344　○節季候　羊歯(だし)の葉を差した頭巾をかぶり、赤い布で顔をおおい、目だけ出して、門付けした物乞い。十二月二十二日より、年末までの無事と、来る年の福を願って都鄙を歩いた。○こかし来て　移動させてやって来て。

345　○『仏兄七くるま』に「せいぼ」の前書。○餅の盛り　『日本歳時記』の十二月二十六、七日の項に「此頃餻(もち)を製すべし。(中略)今日は年始に用るのみを製すべし」と見える。

347　○『仏兄七くるま』に「せいぼ」の前書。

348　○宝永四年(一七〇七)、「京　いつゝ、庄兵衛板」の伊丹歳旦集に「年暮」の前書。

350 灯《ともしび》の花に春まつ庵《いほり》かな

351 欄《おばしま》や髪の扇に年ゆく日

352 惜《をし》まじな翌《あす》のつぼみとなる年を

353 君を月をまつ夜《よ》過《すぎ》こし春まつ夜《よ》

354 寝よぞねよ夢のゆく衛《〔へ〕》の年をまた

355 流れての底さへ匂ふ年の夜ぞ

351 ○『仏兄七くるま』に「せいぼ」の前書。また句の後に「源氏あふひの巻に髪は五重の扇ひろげたらんやうにとあり又ロヨウといふ人日を三尺まねきかへしたる事も取合候也」と付記。ただし「あふひの巻」ではなく「手習」の巻に「髪は五重(いつへ)の扇を広げたるやうにこちたき末つき也」。「ロヨウ」は、魯陽。『淮南子(えなんじ)』巻六「覧冥訓(らんめいくん)」に「魯陽公、韓と難を構ふ。戦酣(たけなは)にして日暮れぬ。戈(ほこ)を援(と)りて之を撝(さしまね)く、日之が為めに反(かへ)ること三舎」。

353 ○『仏兄七くるま』に「としのくれ」の前書。

355 ○底さへ匂ふ　内蔵忌寸縄麻呂(くらのいみきなわまろ)の「多祜(たこ)の浦の底さへにほふ藤波をかざして行かむ見ぬ人のため」(万葉集)を意識しての措辞。

雑

独居の僧の庵に行て

356 燃《もゆ》る火に灰うちきせて念《ね》仏《ぶつ》哉

357 人間に知恵ほどわるい物はなし

357 ○『二葉集』は下五「物はない」。

下

鬼貫句選　巻之五

一 禁足旅記

不夜庵太祇〔祇〕考訂

一 序章

北窓の月は遠山の暁にそむき、南面の秋日は軒をめぐる事はやし。我レこゝろあらばめでたき閑居なるめれど、二 いやしければたのしみのおもひみじかく、鬱寥たる秋の中〳〵三 吾妻のかたにたびしたけれど、用なき

一　外出をしないで書いた「道の日記」。実質的には、『東海道旅日記』とも呼ぶべき十三日間の架空の旅日記(紀行文)。全旅程については、補注２「「禁足旅記」旅程距離一覧」参照。鬼貫は、貞享三年(一六八六)から、貞享四年にかけて東海道を往復しているので、その体験が活かされている。東海道を江戸に下る旅。

二　ここでは、不風流なので、との意味。

三　『伊勢物語』第九段の「昔、男ありけり。その男、身をえうなきもの(必要のないもの)に思ひなして、京にはあらじ、あづまの方に住むべき国求めにとてゆきけり」を踏まえている。

[一]に身を遠く遊ぶ事暫《しばらく》[二]老親のためにおもければ、こしかた見つくしたる所〲居ながら再廻のまなこをおよぼし、日〲《にちにち》こゝろばかりを脱《もぬ》けてゆかば、我《わが》願ひもたり不孝にもあらず、とおもひ立ぬ。

二　旅立ち

[三]廿日の夕ぐれ大坂に出て、[四]伏見への船かりてのる。

358 我《われ》が身に秋風寒し親ふたり

ほのぐらきころ難波の地をはなれて行《ゆく》。草葉の露は左右おなじくを《〔お〕》けど、[五]船ひく男らの岸づたひにかた〲は虫のねたへ《〔え〕》て、是も物のあはれなるべし。[六]江口

一　『論語』「里仁第四」の「子曰、父母在(いま)すときは、遠く遊ばず、遊ぶに必ず方あり」を踏まえる。

二　父宗次(法名、宗春)は、八十七歳。母松室春貞は、不詳(元禄十六年八月五日没)。

三　元禄三年(一六九〇)九月二十日。

四　大坂八軒家と伏見の間を往復する三十石船。ここは、伏見に朝着く「夜船」。

五　上りは曳き船を主とした。船に綱を付けて曳く男たち。

六　淀川と神崎川の分岐点。港があり、かつて遊女の多いことで知られた。

の里はまだ宵闇の覚束《おぼつか》なく、川風は今も旅人の枕に馴《なれ》て[七]むかしの秋をしたひ顔なるもまた哀《あはれ》に覚ゆ。

359 幽霊の出どころはありすゝき原

なを〔ほ〕過るに、月は[八]佐田の空に出て森のともしび影うすく、いと神《かう》〱《がう》し。夜は[九]牧〔枚〕方葛葉《くずは》のさとにふくれど、川浪まくらの下をたゝきて夢もむすばず。こゝろすみて、

360 ひや〱と月も白しや秋の風

曙ちかきころ[一〇]淀のわたりをゆく。むら霧川つらに立のぼれど、[一一]水車《みづぐるま》のすがたとは見ゆるほどなり。

七　平安時代末期の遊女のいたころの秋。

359 ○幽霊　謡曲「江口」の「江口の君の幽霊ぞと声ばかりして、失せにけり」を踏まえる。「薄」と「小町が幽霊」は、付合語（類船集）。

八　今の大阪府守口市北部。淀川東岸。佐太とも。佐太天満宮の御神灯が、船から見えた。

九　枚方（ひらかた）、葛葉（くずは）とも、今の大阪府枚方市内の地名。葛葉は、今、楠葉と表記。

一〇　今の京都市伏見区内の地名。

一一　脚注190参照。

361 霧の中に何やら見ゆる水車

三 伏見より瀬田まで

廿一日、ふしみにつく。朝ぼらけ打ながめ行《ゆく》に、町は所〳〵[一]家の隣畠になりてさびし。

362 伏見人唐黍《たうきび》がらをたばねけり

それより[二]深草にゆく。

[三]少将屋敷

草露道なふ〔う〕して、風はむかしのにほひもなく、今は野人の車のみ往来す。

一 万治元年（一六五八）刊、山本泰順『洛陽名所集』に「伏見、此（この）所は深草の南、鳥羽の東、都より巽（たつみ。南東）也。平秀吉関白此所に広城きづきたまひて、そのかみいとゞにぎ〳〵ういらかならべさかへ侍りしとかや。されば今も家居などもとのかたのこりてやさしう見え侍るに、主しらぬとぼそあれはて丶、蘚草しげみぬるも有けり」とある。鬼貫が実見したのは、この記述より二十八年後の貞享三年（一六八六）頃。

二 今の京都市伏見区内の地名。平安時代には、鶉や月の名所。

三 深草四位少将屋敷。深草少将は、小野小町のもとに百夜通って、百夜目に命を落したとされる人物。謡曲「通小町（かよいこまち）」に「思ひもよらぬ車の榻（しぢ）に、百夜通へと偽りしを、まことと思ひ、暁毎に忍び車の榻に行けば」と見える。車は、牛車（ぎつしや）。

363 牛《うし》御《ご》亭《てい》車に落す草の露

四 元政旧庵

この沙門日蓮宗なれど、常の仏の数もならべず、たゞ釈迦のみたふとく見えたまふを、

364 箔のない釈迦に深しや秋の色

里はなれて出家ひとりつれだつ。ゆく〳〵のりの事など殊勝に聞えて、あふさかにいたる。むかし五行基の六鯖つけたる馬にあひてよみたまひける歌など物がたりしければ、かの法師行基に一問ありとて発句す。

363 ○牛御亭　牛車に乗った御亭主で、深草少将のこと。「牛健児（うしこ。でい）　牛車の牛を扱う童形の者）」を念頭においての鬼貫の造語。

四　元政は、日蓮宗の僧、詩人、歌人。寛文八年（一六六八）没、享年四十六。「旧庵」とは、元政が明暦元年（一六五五）、三十三歳の秋に深草に結んだ称心庵。

五　高僧。天平勝宝元年（七四九）没、享年八十二。『拾遺和歌集』初出。

六　暁鐘成『雲錦随筆』（文久元年刊）に、補注3のごとき行基の歌のエピソードが見える。鬼貫は何に拠ったか。

365 しほ鯖といづれか動く紅葉《もみぢ》鮒《ぶな》
別れて関[一]の明神にまい〔ゐ〕る。

366 琵琶の音は月の鼠のかぶりけり
案内する子をやとひて三井寺より高観音[二]にのぼる。所〴〵の事念比《ねんごろ》に、夜は湖水の月など、舌さへまはらずいひしも、実《げに》馴ればおとなしき物をと愛らしくて、

367 大津の子お月様とはいはぬかな
松本[三]を過《すぎ》て[四]もろこ川に至る。人の家のうしろに柿の木ありて、

一 松井嘉久『東海道ちさとの友』(享保十七年刊)に「あふ坂、右の山をあふ坂山と云。下に関の明神有。此神を蟬丸也云(なりといふ)。蟬丸は延喜の帝第四の宮、生れながら盲目にて能(よ)琵琶を弾じ給ふ」と見える。
366 ○月の鼠 北村季吟『増山井』(寛文七年刊)に「ある人、穴におちいりて、わづかに草の根にすがりとゞまれり。白鼠、黒鼠来りて其草の根をくひはめり。是わづかなる娑婆世界に月日のうつりかはりて、死期已にちかきたとへをいへり」と見える。
二 園城寺三別所の一つ近松寺(こんしょうじ)の俗称(近江名所図会)。
三 今の滋賀県大津市の地名。
四 諸子川。『東海道名所記』に「西の方の川をもろこ川といふ。川のまへ、左の家三間めのうらに木曾殿の塚あり。しるしに柿の木あり」と見える。

五 義仲塚

368 柿《かき》茸《たけ》や木曾が精進《しやうじん》がうしにて

また膳所《ぜぜ》を行はなれて、秋の田の面《も》の物あはれなる中に、

六 兼平塚

369 兼平が塚渺《びやう》〳〵《びやう》とかり田かな

この所より道を右にのぼりて、

370 石山のいしの形《なり》もや秋の月

もどりに七 芭蕉がいほりにたづねて、

五 大津膳所(ぜぜ)の義仲寺境内にある平安時代末期の武将源義仲の墓。

368 ○木曾が精進がうし 『平家物語』の「猫間の事」に、猫間の中納言藤原光隆が、木曾義仲より「無塩の平茸」を振舞われるが、その際、義仲は「きたなうな思ひ給ひそ。それは義仲が精進合子(がふし)で候ふぞ」と勧める場面がある。「合子」は、蓋(ふた)のある漆塗りの椀。

六 『東海道ちさとの友』に「粟津が原の左に今井の四郎兼平が石塔有」とある。

370 ○いしの形もや 芭蕉の『おくのほそ道』中の句「石山の石より白し秋の風」を意識している。

七 芭蕉が元禄三年(一六九〇)四月六日より七月二十三日まで滞在した大津国分山(こくぶやま)の幻住庵。

371 我レに喰せ椎の木もあり夏木立

一長はしをわたりて、

372 瀬田の秋よこ頬《つら》寒しかゞみやま

四　草津より土山まで

廿二日、二草津を出て、宿のわかれに発句す。おもふに付所《つけどころ》しな〴〵ありて句のすがたはかはるやうなれど、みなおなじうつはもの、中をめぐりて心新しきはなし。三世の常の俗言をもつて作れば全《またく》四誹諧《はいかい》にして、しかもその古きをのがるべし、と我しばらく爰《ここ》に遊ぶ。此《この》地

371 ○椎の…夏木立　芭蕉の句「先(まづ)たのむ椎の木も有(あり)夏木立」(幻住庵記)を踏まえる。鬼貫の一句は「椎の実」で秋になる。

一　滋賀県大津市の瀬田の長橋。『東海道ちさとの友』に「大橋長サ九十六間、小橋三十六間」と見える。

372 ○かゞみやま　滋賀県南部の鏡山。大伴黒主に「かゞみ山いざたちよりてみてゆかむとしへぬる身はおいやしぬると」(古今集)。

二　滋賀県南西部、琵琶湖の南東岸に面する宿駅。

三　「元禄三庚午五月日」『大悟物狂』の跋文に「人と我と常いふ所の言葉、十七、十四にきれば、こと〴〵く誹諧也。其世界をしらば全体前句のなじみあるべし。発句も又目前の常を作らば意味深ふしてしかも匂ひあらん」と

にも安心せばまた例の病《やま》ひおこらん。只誹諧をのり物にして常をわたる人あらば、行ず止らずして、誹諧もなく、やまひもなき大安楽界にいたらむ。

373 楽〳〵と姥《うば》が屋根ふくや今年藁

此発句にて[五]伊丹風独吟哥仙あり。

[六]石辺水口《みなくち》はこの独吟にまぎれて発句もなく、けふは土山にかり寝す。

五　白川橋より四日市まで

廿三日、朝日よりさきに出て、

見える。

四　「誹諧」は、正しくは「ヒカイ」。ただし恵空編『節用集大全』(延宝八年刊)は「はいかい」と訓み「連歌ノ戯言也(ざれごとなり)」と注。

373　○姥　『東海道名所記』に「これかくれなき草津の姥が餅屋なり」とある「姥が餅屋」を意識しての措辞。

五　鬼貫によって開拓された「まこと」に基づく新「伊丹風」。「哥仙」(三十六句)ではなく、二十韻。補注4参照。

六　石辺(石部)も水口も土山も東海道の宿駅。今の滋賀県の内。

374 吹《ふか》ばふけ櫛を買《かう》たに秋の風

一白川橋といふをわたりて爰にもとおもへど趣向もなくて二蟹《かに》が坂になる。三それがためにとていさゝかの石塔あり。ほとりの松風は苔に聞ゆるばかりわびし。

375 つま白《じろ》の石のあはれや秋の霜

近江のくにをわかれて四鈴鹿の峠につく。常はこの所より五湖水を見れど、けふは霧ふか〔う〕してあやなし。

狂歌

六鬼貫が鈴鹿の山にきたればや
霧にくもりて見えぬ湖《みづうみ》

一 『東海道名所記』に「そとの白川橋、長さ十五間」と見える。

二 今の滋賀県甲賀市土山町の坂の名。

三 『東海道ちさとの友』に「蟹が石塔有。俗談に、むかし此所に大蟹有しを、武士殺せり。かにの霊、旅人を妖(かば)しなやましけるに、一人の禅そう此所を通り給ひ、妖に向て問ひ給へば、声をあげ、両手空を指(さし)、双眼天に麗(きつ)、八足横行すと答。扨(さて)戒を授ければ止ぬと云」と見える。『東海道名所記』にも挿話が記されている。

375 ○つま白　爪が白いことで蟹を指しているか、あるいは石塔の端が白いか。不詳。

四 今の滋賀県と三重県の境にある鈴鹿山脈南端の峠。

五 琵琶湖。

六 鬼貫自らが鬼貫号にこだわっての狂句。春明(はるあきら)『誹家大系

汗かいて坂をくだる。また[七]田村堂にのぼりて瓦の奉加つく。

376 六文が月をもらすな田村堂

道すがら見るに野山の色は新玉の空よりうつりかはるならひ、げに世の中の事はそれのみならずとおもひ〳〵て[八]鈴鹿川を渡る。

377 一とせの鰷《あゆ》もさびけり鈴鹿川

[九]瓠《こ》界《かい》来りぬ。いざとて行《ゆく》。彼もわれも骸《むくろ》は[一〇]津のくにを《〔お〕》きてこゝろは今、[一一]関の宿のほとりに遊ぶ。野は《〔の〕》草の茫〳〵としてかれかゝりたる中をみれば、哥仙瓠界[一二]発句あり。

図』(天保九年刊)に「高貴ノ御方キコシメサレテ、句ハ、イト風流(ミヤビ)タルニ、ナドトテカクオソロシキ名ヤツケヽレ、トエマヒタマヒヌ」と見えるのが参考になる。

七　坂上田村麻呂の行状とのかかわりで『東海道名所記』に「田村堂あり。爰も東国にくだり給ひける道のつゐでにすゞかをおさめ給けるしるしの跡なるべし」とある。

八　今の三重県北部を流れる川。『東海道名所記』に「鈴鹿川、あるひは左に流れ、あるひは右にあり」とある。

九　瓠海とも。俳人。大坂の人。後、江戸に住す。編著に『難波順礼』(元禄七年刊)、『其法師』(元禄十年刊)。生没年不詳。

一〇　鬼貫は、元禄三年(一六九〇)八月三十日、大坂郊外の福島村汐津橋に移住。そこを指す。

一一　宿駅。鈴鹿関の旧跡。

一二　瓠界の発句は「哀れさに打

誹諧略之。

[一]四日市といふ所にとゞまりて、今日[二]石薬師にていひたる句書つく。

378　国富ややくしの前の綿初尾

六　桑名より熱田まで

廿四日、[三]桑名にいづ。風はげしくて船こはさに宿とる。座敷は海を請《うけ》たる所なり。磯《いそ》よりちい〔ひ〕さき釣ぶねの行衛《ゆくへ》おぼつかなく見やりて、[四]蛤など焼《やか》せてこゝろのびけり。

(ちう)くだきけりされ頭(べかう)」、鬼貫の脇は「あぐらかき居て沓(つく)作る老(いお)」(犬居士)。

一　石薬師と桑名の間の宿駅。今の三重県北部の地名。伊勢湾に臨む。

二　石薬師堂のこと。『東海道名所記』には詳しい縁起を記し「福をいのり、殃(わざはひ)をはらふに、その利やくのすみやかなる事、たとへば谷のひゞきに応ずるがごとしとかや」とある。

378　○綿初尾　綿初穂。その年はじめて収穫された綿花を神仏にそなえること。

三　今の三重県北東部の地名。伊勢湾に面する。西鶴『好色一代女』(貞享三年刊)には「桑名といへる浜辺に行て舟のあがり場に立まぎれ、紅や針売(うり)するもおかし」とある。

四　蛤は桑名の名物(毛吹草)。

379 風の間に鱸《すずき》の膾《なます》させにけり

[五]午《うま》のさがりに風なを〔ほ〕りて舟だす。うち晴てそこ〳〵おもしろかりし物を、[六]申《さる》のかしらより雨になりてうい〔憂〕めす。漸《やうやう》日のお〔を〕はるころ[七]熱田にあがりてこよひのやどかる。

380 熱田にて鱸の膾吐にけり

七　鳴海より赤坂まで

廿五日、[八]なるみの宿をすぎて、行《ゆく》さき[九]尾張、三河のさかひ、[一〇]橋あり。お〔を〕はりのかた半《なから》は板をわたし、三河

『東海道名所記』には「爰は、蛤の名物あり。蛤は諸国にあれども、貝合(かひあはせ)の貝になるは伊勢はまぐりにまさる事なし」とある。

379 ○膾　生魚の肉を細かく切って酢にひたした食物。

五 午後一時過ぎ。

六 午後三時。

七 今の名古屋市西部の地名。当時は、桑名、四日市への渡船場。

八 宮(熱田)と池鯉鮒の間にあった宿駅。今の名古屋市緑区内の地名。

九 尾張は今の愛知県西北部に、三河は南部にあった国名。

一〇 『東海道名所記』に「今岡村(今の刈谷市今岡)、三河と尾張の境、橋あり」とある。

の地はつちはしなり。

一発句合《あはせ》

尾　張

381 板かけてさらに見するや草の露

此継橋《つぎはし》、〔を〕おはりのかたよりも土をわたさば、かくまでながめあるまじ。板よりつちに行《ゆき》うつりて、草は橋にさへうらがれぬ、と秋のあはれを見せなん心尤《もつとも》深し。

三　河

382 板わたる人に見するや草の露

此句、三河の人は尾張のかたに板渡せるを見て橋を土になしたりといへり。意味左右同じきか。さ

一　先行文芸である歌合に倣い発句を左右に番(つが)えて優劣を競った。左右の句の優れた方を勝とし、引分けの場合は持(じ)とした。

二　鳴海と岡崎の間にあった宿駅。今の愛知県中央部。知立(ちりゅう)。

三　矢作。今の愛知県岡崎市内の地名、矢作川の西岸。

四　『東海道名所記』に「東矢はぎ、西矢はぎ、右のかたの田の中

れども草は三河の地にうらがれてあはれは此くにの勝たるべし。

[二]池鯉鮒《ちりふ》を過《すぎ》て[三]やはぎにつく。[四]藪生《おひ》たる所かの長者のあとなどいひて、田の中に見ゆ。[五]やとひたる馬士《まご》の是によそへて望むほどに耳[六]ちかき世の一ふしをとりて、

383 〔浄〕上瑠璃よかり田の番は夜《よ》る斗《ばかり》

わがこゝろの留主見まひすとて[七]燈外見ゆ。幸にこの人とらへてゆく〳〵両吟して[八]赤坂に宿とる。[九]亥《ゐ》のさがりまで語りて、また例の独寝す。哥仙燈外[一〇]発句有。誹諧略之。

に篠藪(ささやぶ)あり。むかし矢はぎの宿(しゅく)、長者のむすめ浄瑠璃御前の屋敷あり」と見える。

五　芭蕉の『おくのほそ道』中の「館代より馬にて送らる。此口付のおのこ、短冊得させよと乞(こふ)」(殺生石の条)との記述を披見し得たか。逆に影響を与えた可能性もある(「解説」参照)。

六　『十二段草子』(『浄瑠璃物語』)の一節。補注5に示した。

383　○かり田　稲を刈り取った後の田。

七　俳人。大坂の人。編著に『誹諧生駒堂』(元禄三年刊)など。生没年不詳。

八　宿駅。今の愛知県東部の地名。赤坂、御油間は十六町(約一七〇〇メートル)。

九　午後十一時過ぎ。

一〇　燈外の発句は「岡崎の橋の長さや秋の霜」、鬼貫の脇は「蕎麦刈(かる)おとこ凩の吹(ふく)顔」(犬居士)。

八　御油より浜松まで

廿六日、ほどなくて一御油《ごゆ》の宿にかゝる。猶行《なほゆく》道の左右に大きなる松はへ〔え〕つゞき、梢ひとつになりて日の影さへもらぬほどなり。

384 たびの日はどこらにやある秋の空

二よし田の町にて鶉きゝて、

385 うづら鳴《なく》吉田通れば二階から

三ひうち坂といふ所に休《やすみ》て、

一　宿駅。今の愛知県豊川市内の地名。

二　御油と二川の間にあった宿駅。今の愛知県豊橋市内の地名。

385　○うづら　飯盛女(めしもりおんな)の類をいうか。「鶉格子」のある家は、安女郎のいる目印にされたという(江戸時代語辞典)。○吉田通れば　歌謡『落葉集(おちばしゅう)』(元禄十七年刊)に「吉田通れば二階からちよいと招く、しかも鹿子のずんど振袖が、なんきみちよいとしよ」。『山家鳥虫歌』等にも。

三　『東海道名所記』中「ふた川より吉田まで一里半四町」の項に「右の方に小岩村あり。又、右の方、山あり。燧(ひうち)坂、此坂の内に火うちの石あり」と見える。

386 霧雨に屋ねよりおろす茶の木哉《かな》

ふた川を過行《すぎゆく》。爰にも三河遠江の境に川橋あり。それを渡りて、

387 我裾《すそ》は三河の露とまじりけり

白須賀《しらすか》こえて荒井につく。浜名の橋のあとなつかしくて、

388 ことしにて浜名の橋は幾秋ぞ

　　また夜の心になりて、

386 ○茶の木　茶を沸かすための木端(こっぱ)。

四　二川。今の愛知県豊橋市内の地名。

五　『東海道名所記』に「境橋、これ三川、遠江のさかひ橋也。橋のしたは小川也」と見える。

六　二川と荒井の間にあった宿駅。今の静岡県湖西市西端の地名。

七　荒堰、新居とも。宿駅。浜名湖西岸。

八　浜名川に架っていた橋。明応七年(一四九八)の大地震でなくなったとも(日本国語大辞典)、永正七年(一五一〇)の津波によって流失した(静岡大百科事典)とも。『東海道ちさとの友』に「浜名の橋の跡は、左の浜に有。いにしへ浜名に湖ありて海へ流れ入(るい)。其川にかけし橋なりしと也。光孝天皇仁和元年、浜名の橋を作らせ給ふ。長サ五十六丈、広サ二丈五尺と旧記に見へたり」とある。

389 あの月やむかし浜名の橋の月

一舟より二前《〔舞〕》坂にあがりて、こよひは三浜松に明す。

九　天龍より日坂まで

二十七日、四天龍を渡る。

御上洛の御時は、此川《この》、五舟橋《ふなばし》になりぬ、と船頭の物がたりす。げに六宗府が事を聞つたえ《〔へ〕》てなつかしくなりたり。

390 我祖父も舟橋お《〔を〕》がむ秋の水

七池田の宿に八遊也《〔熊野〕》が石塔あり。老母のはかなくやなら

389 ○浜名の橋の月　澄月編『歌枕名寄』（万治二年奥書）によると「浜名の橋の月」を詠んだ歌「すみわたるひかりもきよし白たへの浜名のはしの秋の夜の月」（光俊）が見える。

一 『東海道名所記』に「舞坂より荒堰まで舟の上廿三町。舟賃は、一艘の借切百卅文尾州・紀州の衆には一艘のかり切百文、乗あひは、一人は四銭」とある。

二 荒井と浜松の間にあった宿駅。浜名湖の湖口東岸。

三 宿駅。

四 天龍川のこと。舟で渡った。諏訪湖に発し、遠州灘に注ぐ。

五 流れに沿って並べて繋いだ舟の上に板を敷き橋にしたもの。「浮橋（うきはし）」とも。

六 鬼貫の祖父。「上島系図」に「直宗（なほむね）。上嶋九郎兵衛。法名宗府。文禄年中自塚口、移伊丹村」と見える。

ん、としたひし女もかくあはれに見ゆるよ、と世を観じて、

391 秋の夢老母も遊《ゆ》やも我もまた

九袋井《ふくろゐ》を出て行《ゆく》道の田のほとりに、一〇鵙《もず》おとす人あり。されば伊丹の一一馬桜が一二狂句に、

田の中に棒の一本立たるは
鵙をおとすか千の字か

かくお〔を〕かしき事をおもひ出てわれもその類にあつまる。

田の中に雪隠《せっちん》一つ立たるは
箕を伏たるか塩釜か

七　今の静岡県磐田市内の地名。
八　謡曲「熊野(ゆや)」の主人公、平宗盛の寵愛を受けた遊君熊野の石塔。『東海道名所記』に「天龍の川上、東のはたに池田の宿のあとあり。長者の住ける所百間四方ばかりあり。(中略)今はあれはて、寺の地となり、湯谷(ゆや)親子の石塔、青石、白石にて残れり」と見える。
九　袋井。宿駅。今の静岡県西部。
一〇　『日次紀事』の八月の条に「山林の間、囮(をとり)鵙、目を縫ひて架頭に居(を)き、傍らに黐(もち)竿を設けて鵙の鳥を執る。是を鵙を落すと謂ふ」と見える。
一一　伊丹俳壇の実力者。小西氏。享保十七年(一七三二)没、享年七十九。
一二　八文字舎白露『俳論』(文化五年刊)で言う「長発句」のことか。ただし形式的には、狂句というよりも狂歌。

この輿に[一]掛川をこえてけふのとまりは[二]日坂《にっさか》に定《さだめ》ぬ。

一〇　佐夜中山よりまりこまで

廿八日　[三]佐夜中山

松杉のすげなふ〔う〕立《たち》たる中に朝日影ちからなくさし入《いり》て猶心ぼそし。

392 けふともに秋三日あり佐夜の山

[四]菊　川

[五]承久《ぜうきゆう》三年の秋、中御門中納言家行と聞えし人つみありて東へくだられけるに、此宿にとまりけるが、昔は南陽県の菊下流を汲《くみ》てよはひをの

一　袋井と日坂の間にあった宿駅。
二　宿駅。掛川の東、佐夜の中山の西。
三　小夜中山とも。今の静岡県掛川市と島田市の境の坂路。難所。歌枕。西行に「年たけてまた越ゆべしと思ひきや命なりけりさやの中山」(新古今集)。
四　今の静岡県掛川市、島田市、菊川市を流れる川の名。『東海道名所記』に「菊川は坂の下なり。河上は菊が淵と名づく。菊のはなありといふ。こゝはいにしへの名所なり」。
五　「承久三年の秋…残らぬ」の部分は、『東関紀行』に拠る。『東関紀行』は、『長明道之記』として板本で流布。鬼貫も、鴨長明作と理解。「承久三年」は、一二二一年。

ぶ、今は東海道の菊川の西のきしに宿して命を失ふ、とある家の障子にかゝれたりけると聞《きき》をきたれば、あはれにてその家を尋ぬるに、火のためにやけてかの言の葉も残らぬと長明が書たることなどおもひいでゝ、我も家の障子に、家行は承久三年の秋述懐を書《かき》、我は元禄三年の秋其《その》亡魂を弔ふ。

393
本来の障子はやけじ秋の風

〔六〕大井川

雨遠く水なふして〔う〕こゆるにやすし。

393　○本来　『続七車』によれば、逸書『誹道恵能録』(延宝八年刊)序に「本来無一物。是我俳道の眼也」とあった由。鬼貫は、『六祖壇経』を披見、大きな影響を受けている。

六　塩見岳付近を源に南流、駿河湾に注ぐ大河。東海道第一の難所。『東海道名所記』には「水たかければ濁りてみなぎり、底には大石ながれこけて、若(も)し渡りかゝる人は、足をうたれ、水におぼれて、死するものもおほし。ぬれねずみのごとくになりて、やう〱むかひの岸にあがるもあり」と見える。

394 瘦ずねに漸《やうやう》寒し大井川

また素龍[一]にとはれてまりこ[二]のやどの初夜までに。

半哥仙[三]素龍発句あり[四]。誹諧略之。

一一　阿辺川より富士川まで

廿九日、阿辺川[五]を行《ゆく》とき、

395 東路の夜露こ〔う〕ふたる紙子《かみこ》哉

道〳〵わがこゝろふたつにわかれて、半心《はんしん》はこの句冬也、惣じて露[六]、月などの類、季のかぎりあるものにむすびてはいづれもその季にひかるゝならひ、しかれ

一　徳島藩士。元禄初年、大坂住。やがて江戸に下る。正徳六年(一七一六)没、享年未詳(植谷元、上野洋三説)。元禄七年、芭蕉の『おくのほそ道』を浄書している。

二　丸子、鞠子。岡部と府中の間にあった宿駅。

三　歌仙形式の俳諧の半分、すなわち十八句。

四　素龍の発句は「蘿楓(つたかへで)天窓(あたま)なでけり宇津の山」、鬼貫の脇は「素竜あひたり長月の大」(犬居士)。

五　安倍川。安倍峠南斜面付近を源として南流、駿河湾に注ぐ川。

395　○紙子　冬の季語。『東海道名所記』に「あべ川、河は歩渉(かちわた)り也。遊女おほし。紙子の名所なり」と見える。

六　季語である「露、月」を総合的に論じた早期の俳論として貴重。

ば夜露こふ紙子全《またく》秋ならずといふ。また半心の曰、かなしひ《〔い〕》哉《かな》、汝《なんぢ》色を見ていまだそのいろに奪はるゝ事、尤《もつとも》物につれては四季の間をわたる露、月なれば、句躰うち聞えたる所秋なし。されば一とせの長月ははやけふ明日のかぎりしられてこの宿を過るに、吾妻の秋の形見は夜露しみたる紙子にこそ残れり、と深くも秋をしたひてなり。また此露、冬にして聞《きく》所いさゝか意味なし。句は是こゝろより作れるすがた、爰に於て汝心をとるや、すがたをとるや、といへば実《げに》至極の秋なりし物を、と心またひとつになりて[七]府中にかゝる。爰は[八]竹にて物作る家あまたなり。

七　駿河国安倍郡府中宿。駿府とも。『東海道名所記』に「右の方に御城あり。先年、此城の天主に鳩の糞数百斛（こく）たまり、その内より火出てやけにけり。それより此城に天主なし」との興味深い記述が見える。

八　『東海道ちさとの友』の「府中」の項に「当所、籠（かご）細工名物也」と見える。

396 虫籠を買《かう》て裾野に向ひけり

[一]江尻を過て[二]清見寺にのぼる。庭上秋深ふ〔う〕して、仏閣静に高し。海原見やる所に望めば、こゝろのびまた心よは〔わ〕くなれり。

397 秋の日や浪に浮たる三穂の辺

[三]興津の浦の海士《あま》の蚫《あはび》とるなど都にはなきを、と見る。猶あら波のいそづたひに道すなを〔ほ〕ならでげに所の名もとおもふに、また古郷なつかしくて、

[四]雑《ざふ》

一 府中と興津の間にあった宿駅。

二 発句56参照。『東海道名所記』に「海道よりは右のかたにあり。寺の客殿は、雪舟の書ける絵なり。端ちかくいでゝ、ひがしのかたをみれば、ふじ、あしたか、みほの松ばら、田子のうら、のこらずみゆ。まことにぶ双の絶景なり」とある。

397 ○三穂　三穂（三保）の松原のこと。『東海道ちさとの友』に「三穂松原、竪（た）て一里三町、よこ廿町余。東へ長し。松多し」と見える。

三 薩埵峠（さつたとうげ）下の海。『東海道名所記』に「たうげの下にてあまどもあわびをとる也」と見える。

四 「季詞（きことば）」の入っていない句。

398 ○親しらず　『東海道ちさとの友』の薩埵山の条に「此所に下道、中道、上道とて三筋有。下道は親しらず子しらずとて波打

398 故郷《ふるさと》や猶こゝろぼそ親しらず

五 由井、かん原をこえて富士川六につく。色さへ余所の水にかはりて船のさる事甚《はなはだ》はやし。

399 不二川や目くるほしさに秋の空

一二　よし原より箱根峠まで

七 よし原に臥《ふし》て晦日《みそか》の朝。

400 秋の日や富士の手《て》変《へん》の朝朗《あさぼらけ》

八 うき嶋が原をひさしく通りて、

よする岩間づたひの難所也。今も塩(しほ)干(ひ)には人馬共に通る也」とある。

五 ともに宿駅。今の静岡県静岡市の由比、蒲(かん)原(ばら)。

六 『東海道名所記』に「富士川は、吉原と神(かん)原(ばら)との真中なり。本大河にして水はなはだはやし。朝に名を得たる大河はあまたあれども、こと更此川は海道第一のはや川なり。(中略)こぎ行舟の中にある人は、目まひ、肝(き)(も)きゆる心地して、腹は背につき、手をにぎりてやう〳〵岸につく」と見える。

七 蒲原と原の間にあった宿駅。今の富士市内の地名。

400 ○手変 「天(て)辺(へん)」(頂上)のこと。

八 吉原と原の間の北方山間部の沼地。歌枕。『東海道名所記』に「こゝも名におふ名所也。足柄、富士よくみゆ」とある。

401 浮しまや露に香うつす馬の腹

一三しまの社《やしろ》を拝み奉るに、みな幾抱《いくかかへ》あらむとおもふ斗《ばかり》の松杉間なく立こもりて、さびわたる神風に梢のしづく落るも遠し。真砂《まさご》はその白玉にうるほひ、御池は水の面青み立て底おぼつかなくすごし。

雑

402 ちはやぶる苔のはへ〔え〕たる神䱉《うなぎ》

のぼり〳〵て二箱根のとうげ〔た〕にいたる。けふ三嶋の空にいたゞきたる雲ははるかなれど、こよひはまた其うへに枕す。

一 今の三島大社。『東海道名所記』に「まことに神さびて、きね（巫覡。神官、巫女）がつゞみは水音にひゞき、すゞのこゑは松のあらしにかよへり」とある。

402 ○神䱉 『東海道名所記』に「社(やしろ)より三町ばかり右の方にほそき川あり。こゝに明神の使者とてうなぎおほし。何ほどあり共(とも)かぎりなし。手をたゝき、石をならせばきしにあつまる」と見える。

二 箱根峠。今の静岡県と神奈川県の境にある。

一三　箱根山より藤沢まで

十月朔日、宿を出て行《ゆく》。三 俗にこの山にて死人にあふ〔う〕たる例《ためし》おほしといひならはすほどに、

雑

403 水《みづ》海《うみ》や我影にあふ箱根山

礒《いそ》はたにさいの川原あり。四 念仏する法師の家所〳〵にきこえ、往来《ゆきき》の人の小石あまたつみかさねたるを見るにも子をしたふ数しられてものあはれなり。

404 お地蔵のもすそに鳴や礒鵆《いそちどり》

三　弘安三年（一二八〇）成立の飛鳥井雅有『はるのみやまぢ』に「此山にはぢごくとかやもありて、死人つねに人にゆきあひて、故郷へことづけなどするよしあまたしるせり」と見える。鬼貫は口碑によって記すか。

403 ○我影　「禁足旅記」が「こゝろばかりを脱（ぬ）（も）けて」の旅であるから。「影」は、自分（鬼貫）の姿。

四　『東海道名所記』に「さいのかはらあり。右の方にて往来のともがら石をつみ念仏申てとをる也。左のかたに弥陀地蔵の堂あり。不断ねんぶつの所なり」とある。

一権現にまい〔ゐ〕りて、

405 神の留《る》主《す》留主とおもへば神の留主

二かしの木は、皆人馬にものらず。そのほか岩根道いくまがりもまがりて、中〳〵鈴鹿の坂はこの汗にも似ず。漸《やうやう》小田原にくだる。

雑

406 気《き》辛《しん》労《ろ》や馬にのろもの小田原へ

実《げに》こゝろばかり行《ゆく》道なれば三落る事もなきにと後悔してすぐ。四曾我の里をとへば海道より十町ばかり左の山陰なりといふ。

一 箱根権現社。箱根神社のこと。祭神は、彦火火出見尊《ひこほほでみのみこと》、瓊瓊杵尊《ににぎのみこと》、木花咲耶姫命《このはなさくやびめのみこと》（東海道名所図会）。

二 樫の木坂。『東海道名所記』に「さいかち坂をうち過て樫の木坂にさしかゝる。けはしき事、道中一番の難所なり」と見える。

406 ○気辛労「きしんろう」とも。気を使って疲れること。

三 芭蕉の「杖つき坂」（日本武尊《やまとたけるのみこと》伝説縁《ゆか》りの鈴鹿の坂）での「雑」の句「歩行《かち》ならば杖つき坂を落馬哉《かな》」が念頭にあったと思われる。

四 『東海道名所記』にも「曾我は海道より右の方、十町ばかりに山の内に有。中村も同じくこゝにあり。曾我の祐成、時むね兄弟の故郷なり」と見える。

407 さむ空にいとゞおもふや曾我の里

それより大磯[五]にこえて、

408 とら御前今はつめたし石の肌

一四　遊行の御堂より日本橋嵐雪亭まで

[六]藤沢にとまりて二日の朝遊行[七]の御堂にまいる〔ゐ〕。看経《かんきん》の声たふとく、我も無念の念仏す。

409 十月の二日も我もなかりけり

[八]之道けふは隙《ひま》にしてきたりぬ、といひけるをまたと

五　宿駅。今の神奈川県中部、大磯町の内。

408 ○石　曾我十郎祐成の愛妾虎御前にまつわる「虎石」のこと。藤原惺窩『惺窩先生文集』(慶安四年序)巻之三「大礒虎石幷序」に「里俗曰く、相伝、昔日此地に曾我助(祐)成の美妾虎御前と曰ふ者有り。曾氏歿後、妾此石と化す」と見える。

六　宿駅。今の神奈川県藤沢市内。相模湾に面する。

七　遊行寺。清浄光寺《しょうじょうこうじ》の異称。『東海道ちさとの友』に「右の方、藤沢山清浄光寺、時宗《じしゅう》の本寺也。開山遊行一遍上人は予州河野七郎通広の次男也。雄壮にして回国に名を鳴《なる》」と見える。

八　蕉門の俳人。大坂住。はじめ来山門。宝永五年(一七〇八)没、享年五十か。

らへて、[一]哥仙之道発句あり。誹諧略之。[二]かな川を過て爰にも冨士[三]の人穴《ひとあな》といふあなあり。口広くあいておくの深さ闇《くら》くて見えず。

410 人穴に折ふし寒し風の音

[四]品川より[五]鉄炮洲《てつぽうず》の御堂を見やりて、

411 むさしのは堂より出《いづ》る冬の月

江戸に入て[六]日本橋を渡る。

412 いつもながら雪は降けり富士の山

嵐雪に行て宿す。去年の秋は瓠界《こかい》この[七]庵に来て[八]夜長

一 之道の発句は「とつかよりほどがやへ二里時雨けり」、鬼貫の脇は「やき餅坂もふくや凩（こがらし）」（犬居士）。

二 宿駅。今の神奈川県横浜市内の地名。

三 『東海道名所記』に「右の方に熊野権現の社あり。小家の傍に穴二つあり。富士の人穴といふ」と見える。

四 宿駅。

五 築地本願寺（本願寺築地別院）のこと。万治元年（一六五八）に堂宇が建つ。

411 ○むさしのは 古歌「むさし野は月の入べき山もなし草より出て草にこそ入れ」（類船集）を踏まえる。

六 慶長八年（一六〇三）創設。『東海道ちさとの友』に「日本橋、長サ二十八間有」。

412 脚注66参照。

七 中村光久編『俳林小伝』（嘉永

く、ことしの春は伴自[九]が日永〔う〕ふして、我事いふにみじかく、また帰りていふに長し。たがひにわらつて夜もすがら両吟す。句は[一〇]其袋《そのふくろ》にむかふ。哥仙嵐雪[一一]発句あり。誹諧略之。

一五　結　び

[一二]蘆〔盧〕生が栄花は一睡五十年のゆめ、[一三]囉々哩《ららり》が観〔歓〕楽は旅心十三日のうつゝ。行《ゆく》も鬼貫、かへるも居士、とゞまるもまた、跋もみづから也。

元禄三年庚午十月日

六年刊）の嵐雪の項に「東都本石町（ほんこくちやう）に住す」とある。日本橋本石町に住していたか。

八　嵐雪句「庵（あん）の夜もみじかく成ぬすこしづゝ」（其袋）が意識されていよう。

九　大坂の俳人。来山門。享保二年（一七一七）没。轍士『花見車』（元禄十五年刊）では「天神」格。

一〇　嵐雪編の俳諧選集。元禄三年自序。京都井筒屋庄兵衛刊。

一一　嵐雪の発句は「君見よや我手いるゝぞ茎の桶」、鬼貫の脇は「鰒（ふくと）によはる上がたの腹」（犬居士）。

一二　謡曲「邯鄲」の「粟飯一炊（あはいひいつすい）の間の夢」の挿話。

一三　鬼貫の別号。禅的悟りの境地を示す。

一六　蕪村の跋

鬼貫句選跋

五子の風韻をしらざるものには、ともに俳諧をかたるべからず。こゝに五子といふものは、其角[一]、嵐雪[二]、素堂[三]、去来[四]、鬼つら也。其角、嵐雪おの〳〵其集あり。素堂はもとより句少く、去来はおのづから句多きも、諸家の選にもるゝこと侍らず。ひとり鬼貫は大家にして世に伝《つたは》る句まれ也。不夜庵太祇、としごろこの事を嘆きて、もしほ草[五]こゝかしこにかき集めて、数百句を得たり。たとはゞ滄海[六]に網して魚をもとむるがごとし。

一　蕉門。宝永四年(一七〇七)没、享年四十七。自撰発句集『五元集』が備わる。

二　蕉門。宝永四年没、享年五十四。句集『玄峰集』が備わる。

三　芭蕉と親交のあった俳人。漢詩人。享保元年(一七一六)没、享年七十五。『素堂家集』がある。

四　蕉門。宝永元年(一七〇四)没、享年五十四。『鬼貫句選』刊行後の安永三年(一七七四)、蝶夢によって『去来発句集』が編まれている。

五　作品。「もしほ草」(塩を採取する海藻)「掻き集める」から「書き集める」に転じての用法。

六　大海。

なを〔ほ〕もれたるものいくばく歟《か》侍らん。さるを鬼つら句選と題して、はやく世の好士につたへむと、例の気みじかなる板もとは[七]八文字屋自笑也。

于時[八]明和己丑《つちのとうし》春正月

[九]三菓軒蕪村書

明和六己丑年春正月

麩屋町通誓願寺下ル町

平安書肆　安藤八左衛門板

七　十二頁注三参照。

八　明和六年(一七六九)。

九　俳人、画家。天明三年(一七八三)没、享年六十八。明和三年(一七六六)、俳諧集団三菓社を結成。後代の正岡子規によって再評価される。

独ごと

上

一　有賀《あるが》長伯《ちやうはく》の序

世に誹諧をもてあそぶことみさかりにして、心あるもなきも一わひ〔い〕だめなく、奴婢《ぬひ》僮僕《どうぼく》のやからまで口にまかせて二さがにくきばかりいひしろひぬれば、かつはあさはかなるたはれごと、のみ聞ゆれど、其源は三難波津《なにはづ》、浅香山《あさかやま》の山の井よりながれて、四人倫を和し、人の心をなぐさむるは、またく和哥の徳にかはらずや。和哥にも五誹諧躰とてあなれば、その中よりわかれ出《いで》たるにや

一　区別。
二　勝手気儘に。
三　『古今和歌集』仮名序で「歌の父母」とされる「難波津に咲くやこの花冬こもり今は春べと咲くやこの花」「安積山（あさかやま）かげさへ見ゆる山の井の浅き心をわが思はなくに」の二首を念頭においての記述。
四　『古今和歌集』仮名序に「男女（をとこをんな）の中をも和（やは）らげ、猛（たけ）き武士（もののふ）の心をも慰むるは歌なり」。
五　『古今和歌集』巻第十九雑躰中に五十八首の誹諧歌が見える。以降の歌集にも散見。

あるらん。しかあれば遠くも近くも、誹諧に名ある人の名句とて聞ゆるは、其心幽玄《いうげん》にして、其姿又妖艶《えうえん》なる物をや。爰《ここ》に鬼貫《おにつら》と聞えし人は、[一]まだいと若かりし時より此《この》ことに身をゆだね、[二]筑波山《つくばやま》はやましげやま分《わけ》入《いる》にも、本《もと》より志のまことをしをりにして、既《すで》に佳境に至れり。年ふるまゝに其名高く世になりて、こゝら人の口にある秀句どもは、誠に一唱三歎に堪《たへ》ずなむ有《あり》ける。此人、年比《ごろ》心にこめし誹諧の心用ひ〔ゐ〕を、[三]親しき門人のこふによて二帖《にでふ》に清書して、独言《ひとりごと》となむ名付られしをみれば、むべも限りなき教《をしへ》と成ぬべき玉宝の物とみゆ。されば予に其趣を書の始にかいつくべきよし申《まうし》給へど、我まだしらぬ道なれば、[四]いかほの沼のい

一 鬼貫自身は、八歳の折に作った「こい〳〵といへど螢がとんでゆく」を「俳諧の初め」と言う（仏兄七くるま、続七車）。

二 源重之の恋歌「筑波山端山（はやま）繁山（しげやま）しげけれど思ひ入るにはさはらざりけり」（新古今集）を念頭に置いての措辞。

三 千及と市貢の二人。鬼貫の跋文（二〇八頁）参照。

四 同音で「いかにして」を導く枕詞的な用語。壬生忠岑の長歌に「呉竹のよの古言（ふること）なかりせばいかほの沼のいかにして思ふ心を述ばへまし（以下略）」（古今集）。

かにしてと固辞し侍《はべ》る物から、五しかまにそむるあながちに聞え物し給へれば、せむすべなくて筆にまかせ侍る物ならし。

六以《い》敬斉《けいさい》〔斎〕長伯《ちやうはく》誌《しるす》

二　俳諧《はいかい》の道

七俳諧の道はあさきに似て深く、やすきに似てつたはりがたし。八初心《しよしん》の時は浅きよりふかきに入《いり》、至りて後は深きよりあさきに出《いづ》とか聞《きき》し。むかしは人の心すなを〔ほ〕にして九初中後を経しかど、今はその修行する人だにすくなく、心皆さきにはしりて、いつしか人もゆるさぬ上手《じやうず》にはなりけらし。これをおもふに俳諧は只《ただ》当座

五　飾磨（しかま）の褐（かち）染（濃い紺色）から同音で「あながち」を導く序詞的な用語。曾禰好忠の恋歌に「播磨（はりま）なる飾磨に染むるあながちに人をこひしとおもふころかな」（詞花集）。

六　有賀長伯。歌人、歌学者。『初学和歌式』『和歌八重垣』等により鬼貫に大きな影響を与える。元文二年（一七三七）没、享年七十七。

七　藤原定家『近代秀歌』の「やまと歌の道、浅きに似て深く、易きに似て難し」に拠る。

八　心敬『ささめごと』（書陵部蔵本）に「初心の時は浅きより深きに入り、至りては深きより浅きに出ぬる、諸道の最要となり」。

九　宗祇『吾妻問答』に「作の心づかひに初中後候はん哉（か）。答て云はく、只稽古の初中後に申と、其心たがふまじく候」と見える。

の化口《あだくち》にして、根もなきいひ捨草《すてぐさ》なりとかろき事におもへるなるべし。是《これ》もまた[一]和哥の一躰《いってい》とか聞《きく》時は、かりにも浅《あさ》〱《あさ》敷《しく》おもふべき道にはあらぬを、ほいなき事にぞ侍る。

三　俳諧の益

大かたの人は口にまかせていひつゞくるをこの道の達者なりと心得て、更《さら》に我に益ある事をしらず。俳諧は只《ただ》まことにもとづく中立《なかだち》なりと心をよせて修行すべし。たとへば、わかき人の親にいたくいさめられん時、腹だゝしきこゝろの出る事あらば、親といふ前句に子として腹立《だて》る躰を付句《つけく》に取《とり》なを〔ほ〕して見侍るべし。全《まった》く

一　例えば斎藤徳元『誹諧初学抄』(寛永十八年刊)の「さすがに誹諧も和歌の一躰なれば、道にはづれたる儀は仕ふまつるべからず」等、諸俳論書に頻出。

二のりなじみはあらじ。又《また》三打杖《うつ》のよは〔わ〕きをかなしめる心ならばよくなじむべし。さあれば親にむかひて四蜂吹《はちぶく》は神慮にもにくませ給ふ所なりとおそれて、孝心にもとづき、あるは人につかふる身の慰むかたにいざなはれて用をうしろになす心をも五付句に取なを〔ほ〕してそれを改め、或は他人のまじはりだに六四海みな兄弟なりと心のあゆみをつけ、常のわざを俳諧になぞらへ、はいかいを又つねのむつまじ事に案じよらば、自然と句毎にのりなじみも出来《いでき》ぬべし。

四　遺《やり》句《く》

七ことやうの句を作りてそれを新しとおもふ人は、此

二　鬼貫の俳論用語。付合（つけあい）を説明して用いられる場合が多い。調和。

三　韓伯兪の故事に拠る記述。『説苑（ぜいえん）』に「兪（ゆ）、罪を得て笞（むち）うたるるに嘗（かつ）て痛みぬ。今母の力痛ましむること能（あた）はず。是を以て泣く」と見える。

四　不平、不満を言う。

五　前句（まえく）に付ける句。独立性とともに、前句との調和（のりなじみ）が求められる。

六　『論語』「顔淵第十二」に「君子は敬して失ふこと無く、人と恭（うやうや）しくして礼有らば、四海の内、皆兄弟なり」に拠る。

七　異様の句。風変わりな作品。

道を深く尋ね見ざれば、[一]遠きさかひに入《いり》がたくや侍らん。[二]詞《ことば》は古きを用ひ〔ゐ〕、心は新しきを用ゆ、とこそ聞しか。

[三]一座におもしろき付句の一、二句もつゞきたらん時、それよりも猶《なほ》まさりたる句をせんと大《おほ》かたの人は一入《ひとしほ》ちからを入て案じ侍れど、いかにもかろぐ〳〵と[四]やり句する人まれ也。只よき句を〳〵と独り〳〵が案じいらば、しかも能句《よきく》の出《いづ》る事かたくや侍らん。さら〳〵とやりながしたる跡は更に能句も出来ぬべし。程よき遣《やり》句《く》は[五]未練《みれん》の人の及ぶ所にはあらず。

一　深い境地。

二　藤原定家『詠歌大概』中の「情《こころ》は新しきを以て先と為《な》し、詞は旧《ふる》きを以て用ふべし」との言葉を指す。

三　俳諧興行の席での作品。

四　遣句。鬼貫言うところの「さら〳〵とやりながしたる」句。

五　熟達していない作者。

五　発句《ほつく》と付句《つけく》

発句は月雪花木ゝ艸ゝ其外生《いけ》る物のたぐひすべて何にてもあれ、ひとつ〳〵に物いはせたらんに、かくまでも我《わが》事をいひを〔お〕よぼしぬる物かなと深くよろこびなん心詞《ことば》にあらざればまことすくなくや侍らん。

付句はのりなじみを専一にすべし。[六]宗祇《そうぎ》法師の[七]雑談《ざふたん》にも上手《じやうず》の付句は他人の中よきがごとし、下手《へた》のは親類の中あしきがごとしといひたまひけるとぞ。

六　連歌師。『吾妻問答』をはじめ多くの連歌論書を残す。文亀二年(一五〇二)没、享年八十二。芭蕉は「西行の和歌における、宗祇の連歌における、雪舟の絵における、利休が茶における、其貫道する物は一(つい)なり」(笈の小文)との言葉を残している。

七　宗祇の門人宗碩の著とされる『連歌初心抄』(大永八年奥書)に「宗祇の雑談に云、上手の連歌は他人の中のよきがごとし。下手のは親類の中のあしきがごとしと申されしとぞ」。

六　句における心と形

句を作るにすがた詞をのみ工《たく》みにすればまことすくなし。只《ただ》心を深く入《いれ》て、姿ことばにかゝはらぬこそこのましけれ。古哥にもあれ、古事《こじ》にもあれ、ひたすら案じ探りて句を作ると、を《〔お〕》のづから心にうかぶ所を用ゆるとのさかひならんか。

[一]句は師匠のかたちによく似せて仕習《しなら》ふべし。修《しう》し得たらん後はそのかたちをはなれて、天性ひとり〳〵が得たる風儀をこそ用ひ《〔ゐ〕》まほしけれ。

一　良基『十問最秘抄』（永徳三年識語）に見える「取寄る所は師匠を本として、堪能（かんのう）の後は独立する也」との考えに通じる。

七　天性の数奇《すき》

ある人、扨《さて》も俳諧は[二]ならぬ物にて候、といひけるほどに、其ならぬ物と知たまふはひとかどの事にて侍《はべ》る。予は天性数奇《すき》て此道にこゝろを尽す事をよそ〔お〕四十年[三]にあまりて、行《ゆく》にも座するにも忘るゝ事なく、臥《ふす》時はまくらのほとりに硯《すずり》を置て寝ざめだに外《ほか》なければ、道のなりがたしといふ所を聊《いささか》わきまふに似たり。平生深く心をもいれざる人の、ならぬ物としり顔にいひたまふこそきこえね。

二　熟達し得ないもの。

三　『仏兄七くるま』の序に「十三歳の比（ころ）松江の翁をまねきて流れをくまんといふより明くれこの道に心を尽しぬ」とある。鬼貫の松江重頼入門は、延宝元年（一六七三）。爾来、四十五年。

八　修行の道

俳諧をする人あらましにもいひこなせば、はや得たり顔に止《とど》まるあり。一 無下《むげ》にほいなくぞ侍る。或《ある》時は句もなりやすきやうにおぼえ、又《また》或時はひたすらなりがたくもなり侍らん事、幾かはりも有ぬべし。深く入《いり》なん人は、其程《ほど》〳〵《ほど》に功つもりて猶《なほ》むつかしき事を覚《おぼえ》侍らん。修行の道に限りあらざれば、至りて止まる奥もあらじ。只《ただ》二 臨終の夕《ゆふべ》までの修行と知べし。たとへば宗《そう》祇《ぎ》法師は連哥《れんが》の達人にて余にならべる人もなしとはいへど、祇公《ぎこう》ひとりの上には今五とせゐ給はゞ五年の功、十とせながらへたまはゞ、十年の功も有《あり》つべき事にこ

一　まったく（残念なことだ）。

二　後代の雁宕『合浦俳談草稿（がつぽはいだんそうこう）』（明和元年奥書）に「稽古は死まで習ひ熟する事と思ふべし。多年心懸たるにあらずしては成就せず。貞徳五年の命あらば五年の誹諧すゝむべし、と百余歳の翁申されたるにて深く思ふべし」と見えるが、『独ごと』の影響か。

三　一五九頁に「俳諧は、狂句、作意をいふとのみ心得たるばかり

そ。

九　能句《よきく》のこと

新しく作りたる句はやがてふるくなるべし。只とこしなへに古くもならず又《また》あたらしくもならぬをこそ能《よき》句《く》とはいひ侍るべくや。[三]作意にのみかゝはりていふ句と、まことを深く案じ入《いり》て一句のすがた詞にかゝはらぬとの差別なるべし。

歳旦《さいたん》の題に只の春の句も聞え、また元日やとさへいへば元日の句なりとのみおもひて心のよそ〳〵しきもおほし。[四]花の句は花のみをいひ、月の句は月のみいひ

一槩(いちがい)にかたよるべき道にもあらず」と見えるように、鬼貫は「作意」を全否定しているわけではない。師松江重頼の『毛吹草』(正保二年刊)には「作意の事、古きあたらしきなど申は、耳なれたると、いまだ耳なれぬをもちて大かたを知べしと也。すでに句作出来侍らば、先(まづ)過去の句の俤(おもかげ)を能(よ)吟味有べし。其(その)たしなみうすき人は、度々等類をのがれずといへり。花の作意を紅葉に取かへ、鶯を郭公(ほととぎす)にいひかへて、其姿詞はちがふとも、心のひとつなるは詮なし」と見える。鬼貫は、「まこと」によって「作意」の超克を試みている。

四　嵐雪(蕉門)編『或時集(あるときしゅう)』(元禄七年刊)序に芭蕉の言葉「花に対して信無くんば、花恨むべし。句は是に習ふべし。華に問へば、華に語有り。姿はそれに随ふべし」が見え、参考になる。

て、しかも意味深きをよしとす。うはの空に案ずる人は、句に心にちからなきにまかせて色〳〵の事品《しな》を取まじへおもひよせてを〔お〕のづから工《たく》みに作るなるべし。

一〇「おのづからのまこと」

いつはりを除きてまことをのみいひのべんとちからを入《いれ》て案じ侍るは、いつはりいふにはまさりたれど、これも又《また》まことを作りたる細工の句にて侍り。此道を修し得たらん人の一虚実のふたつに力を入《いれ》ずして、いひ出す所句毎《ごと》にいつはりなきをこそ二を〔お〕のづからのまこと、はいひ侍るべけれ。是なん常の心に偽《いつは》りなく、三世のあはれをも深くおもひ入《いれ》たる故なるべし。

一　ここでは、鬼貫が言うところの「いつはり」と「まこと」。

二　鬼貫が理想としたのが、この「おのづからのまこと」。

三　服部土芳（焦門）も『三冊子（さんぞうし）』「赤雙紙」の中で「代々の歌人の歌を見るに代々その変化あり。また、新古にもわたらず、今見る所昔見しに変らず、哀（あはれ）なる歌多し。是まづ不易と心得べし」と「不易」の要素に「哀」を見ている。なお、この部分、心敬の『ささめごと』（尊経閣文庫本）の「秀逸と申せばとて、あながち別のことにあらず。心をも細く、艶にのどめて、世のあはれをも深く思ひいれたる人の胸より出（いで）たる句なるべし」を鬼貫流に消化しての文言。

一一　俳諧興行

いにしへの俳諧は来《きた》る幾日の四興行《こうぎやう》なりと五前広《まへびろ》に定置《さだめおき》て、詠草に六刻付《こくづけ》して再ゝ七返《さいさいへん》までもまはしたれば、句数もいでき侍り。当日に至りて或は朝飯後よりはじまりたるは夜半をも越て終り、又昼過てあつまりぬるは、大かた夜もしら〳〵と明わたる程にみちぬ。今時の俳諧は再返をだにまはす事まれなりければ、座の上の句数はおほく侍れど、満る所はいにしへの席の三分が一にもたらず。古人《こじん》は各《おのおの》沈思して、尤《もつとも》句毎に宗匠《そうしやう》の心をうかゞひ、宗匠は又故なき句を取《とる》事なし。あるは前句に八不便《ふびん》をくはへ、あるはのりなじみを専一に案じ侍

四　俳諧の会を催すこと。
五　前もって。
六　時刻を指定して。
七　北村季吟『誹諧会法』(延宝二年成)に「兼日発句をこひて、一順、再返、乃至再々返。或《あるいは》四五十句もまはすべし」と見える。前もって連衆が一わたり詠むのが一順、二回目が再返、三回目が再々返。
八　慈しんで(しっかりと鑑賞して)。

りければ、を《〔お〕》のづから時のうつりたるなるべし。

一二　幽玄《いうげん》の句

作意をいひ立《たて》たる句は、一心なき人の耳にもおもしろしとやおぼえ侍らん。二又おもしろきは句のやまひなりとぞ。修し得たる人の幽玄の句は、修行なき人の耳にはおぼろげにもかよふ事かたかるべし。しかもその詞《ことば》やすければ、いはゞ誰もいふべき所なりとやおもひ侍らん。

三聞えぬといふ句に幽玄と四不首尾の差別侍り。まことを弁《わきま》へぬ人のさま〴〵に句を作りて、是にても五未《いまだ》聞え

一　情趣を解さない人。
二　良基『筑波問答』（応安五年識語）に「最初より上手めき面白からんと案じて、句のつまりたちぬれば、次第に詞もかせ、心も失せて、すべてあがる事のなきなり」「あさ〳〵としたる句のやす〳〵としたるを、詞（ことば）優しく句がるにし給ふべきなり。何とがな面白からんと案じ給事、ゆめ〳〵あるべからず」と見える。また『仏兄七くるま』序には「上手とは句を面白く作るをいふ。名人とはさのみおもしろき聞えもなくて、底ふかく匂ひあるをいへり」とある。
三　理解できない。土芳の『三冊子』「わすれみづ」は、芭蕉の「故（ゆゑ）ある句は格別の事なり。さもなくて聞き得ざるとあるは、聞えぬ句と思ふべし。聞えぬ句多し」を伝えている。
四　失敗作。
五　各務支考（蕉門）も『葛の松

過ておもしろからじとひたぬきに詞をぬきて、後には何の事とも聞えぬ句になり侍れど、作者は初一念の趣向をこゝろに忘れ侍らねば、我のみ独り聞《きこ》ゆるにまかせていひひろむるもかた腹いたし。又幽玄の句は、六つたなき心をもて其意味のおもしろきところを聞得《きき》ぬなるべし。

一三　祈《き》禱《たう》の俳諧と追善懐旧の俳諧

七祈禱の俳諧興行して、いひつらぬる所、句にいつはりおほきはいかでか神慮にかなふべき。句毎にまことを弁《わきま》へざる人の努〳〵《ゆめゆめ》おもひ立《たつ》べき事にあらず。八もたいなきわざにぞ侍る。九御影《みえい》のかゝりたる座に着《つき》ては、

原』(元禄五年刊)に「未練の人は、始より深からしめんとして、果は一応の理(ことわり)もきこえずなりぬ」と記している。

六　熟達していない境地。

七　国家安泰、病気本復などを神仏に祈願する俳諧。「祈禱」と「連歌」は、付合語(類船集)。

八　おそれおおいふるまい。

九　季吟『誹諧会法』に「夢想、祈禱などの会には、天神などかけ可申候にや」と見える。

各《おのおの》其日の神主なりと心を改め、又御影のかゝらざる席には心のうちに勧請《くわんじやう》[一]申て、在《います》[二]がごとくつゝしむ人は、いつはりなき句も出来《いでき》ぬべしや。

追善懐旧[三]の俳諧も、まことをはこばざる時はこれも仏の道にそむき侍らん。

一四　花の句

花の句は一座の宗匠《そうしやう》または功者にゆづりて、努々《ゆめゆめ》このむべからず。貴人小人《せうじん》[四]などには花を所望しつべき品《しな》も侍り。夫《それ》ともに宗匠の言葉をまたずして外《ほか》[五]より会釈《あしやく》すべき事にあらず。むかしは月、雪、郭公《ほととぎす》の類《たぐ》ひ

一　神仏の来臨を請い願うこと。
二　『論語』「八佾（はちいつ）第三」の「祭るには在（ま）すが如くす。神を祭るには神在すが如くす」に拠る。
三　死者へのなつかしみと追福の気持を込めて年忌などに行う俳諧。「発句」と「追善」は、付合語（類船集）。
四　少年。
五　松永貞徳『天水抄』（寛永二十一年識語）に「宗匠終に一、二の折にて花の句あらずは、三の折にてかならず所望すべき事肝要也」と見える。

は功者の外《ほか》遠慮しつれど、今時は其わかちをも弁《わきま》へず、いつしか此道のかたちをとり失ひ侍るもおほし。それより仕習ひたる作者は六斟酌《しんしやく》あるべき句のすべをもしらず。なげかしき事にぞ侍る。

七発句《ほつく》第三などしたる作者は、花の句をせざる物のやうにおぼえたるもお〔を〕かしくこそ。

一五　俳諧式目《しきもく》のこと

八脇句は文字にてとめ、九第三はに留《どめ》、にて留、らん留、もなし、はなし、など〻もとめ侍るとばかりは誰も皆しる事にて侍れど、何故かくは定置《さだめおき》たるぞといふ然《しか》る

六　遠慮。

七　山岡元隣『誹諧小式（はいかいしようしき）』（寛文二年刊）に「発句したるもの、三人以上の連衆にては、花はせぬ事也」と見え、鬼貫の指摘していることが実際に行われていた。

八　「文字」は、体言。梅翁『俳諧無言抄』（延宝二年刊）の「脇の句」の項に「句の下の字を韻（ゐん）と云事、てにはにてとまらず、文字にてとむる故也。連俳の発句は聯句（れんく）の章句也。脇（わき）は対（つい）なり。元来詩聯句にならひて韻と云也」とある。

九　『俳諧無言抄』の「第三」に「脇の句、文字にてとむるゆへ、懐紙に文字のたけならばざるやうにて、とまり、はね字のかろきかなにてとめたる物也」とある。

所以《ゆゑん》をしる人まれなり。又一脇句のてには留、第三の文《も》字《じ》留《どめ》、なれや留、などといふ事もあり来り侍る。

二表《おもて》の十三句めを月の座、裏にては十一句め月、十三句めを花の座と定《さだめ》侍れど、又月花共に取あげてする時は何句めにてもくるしからず。さあれば、三月花の座とは何ゆへ〔ゑ〕定置《さだめおき》たるぞといふ事をさへ弁《わきま》へしらぬ人も侍る。

四花は桜花といふさへ正花《しやうくわ》にならねば、ましてこと木はいふにも及ばず。しからば五何をさして花とはいひけんやと深く尋ね入《いる》べき事にこそ。

一 『俳諧無言抄』に「脇の句に、てにをはにてとまらば、第三は文字にて留る也」とある。

二 「百韻」の形式の俳諧では、懐紙を四枚用い、初折の表が八句、裏が十四句、二の折と三の折は、それぞれ表、裏とも十四句、名残の折は、表が十四句、裏が八句。

三 季吟『誹諧用意風躰』(延宝四年刊)に「雪月花は、哥道、誹諧の命なれば、是を翫ぶ心を第一とすべし」とある。

四 里村紹巴『連歌至宝抄』(天正十四年成)に「花の本意とは、花とばかり申候は桜の事にて御入候。桜花と申ては正花にならず候」とある。

五 『誹諧小式』に「花の句は、其花といふ字なくては其一句聞え難(きがた)やうなるよし。花をやとひたるやうなるは花の本意にあらず」と見える。

六 鎌倉幕府初代将軍源頼朝。頼

一六　「ほど拍子《びやうし》」

六鎌倉の右大将、西行《さいぎやう》上人に弓馬のみちをたづね給ひし時、馬は七大江《おほえ》の千里《ちさと》が月みればの哥のすがたにて乗たまへ、と答られければ、ほど拍子を心得たまひて即座に馬の乗かたをさとり給ひけるとぞ。八俳諧にも句のほど拍子は上手のうへのしわざなるべし。

一七　俳諧理解のこと

九我句をおもしろく作り侍らんより、きくははるかにいたりがたし、と古人の詞にも見え侍り。ひたすら修行し侍らん道なるべし。

朝が西行に「歌道並弓馬事」を尋ねたことは『吾妻鏡』等に見えるが、大江千里歌のことはでてこない。鬼貫は何によったか。

七　佐方宗佐編『細川幽斎聞書』（寛文五年刊）に「古今大江千里歌に、月みればちゞにものこそ、此歌の下句の秋ならねども有べきを、秋にはあらねど、一字あませるところに歌の程拍子あるべき歟（か）」と見える。

八　土芳『三冊子』「赤雙紙」に「馬上眠らんとして残夢残月茶の煙、とあるを、一たび馬に寝てと初五をなしかへ、後また句に拍子ありて宜しからずとて、月遠し茶の煙とは直されしなり」と見える。

九　心敬『ささめごと』の「我句を面白く作よりも、聞は遥（はるかに）至りがたしといへり。さては句を作らむよりも人の才智を明（あきら）めむ事を修行し侍らむ道なるべし」に拠る。

一八 「動く」句

発句に動くといふ事侍り。たとへばつばなの句をすみれの句にしていへば又《また》それにもなり、杜若《かきつばた》の句をあやめの句にして見ればなるをこそ嫌《きら》ふ事にて侍れ。余はなぞらへて考ふべし。

一九 「すなほ」の道

心すなを〔ほ〕に生れつきたる人も俳諧にてはたゞうそのみいひならひ、かたち実躰《じつてい》なるもおなじく異形《いぎやう》を尽せる人おほし。俳諧といふ物はいかなる事を益とはなせるぞ、と深く尋ね入《いり》なん事もなく、口に出るにまかせ

一 坂上松春編『祇園拾遺物語』(元禄四年刊)に「うごくたぐひはいかにすぐれてきこゆるとも上手とはいはれまじ。題をよくおもひめぐらしてうごかぬ句あるべし」とある。蕉門では「ふる」「ふらぬ」として論じられた(『去来抄』参照)。

二 季吟『誹諧用意風躰』にある「誹諧もたゞ戯(たはぶ)れとばかりにていへらん人の句は、信なき故に真実のよき句出来がたし」との記述と表裏をなす。支考『俳諧十論』(享保四年刊)には「俳諧といふは別の事なし。上手に迂詐(そう)をつく事なり」とある。

三 岡西惟中『俳諧蒙求』(延宝三年刊)に「俳諧といふはたはぶれたること葉のひやうふつと口よりながれ出て、人の耳をよろこばしめ、人をしてかたりわらはしむるのこゝろをいふなり」と見える。

ていひなぐさむわざなり、と只かろ〴〵敷《しく》おもひとるは聊《いささか》この道を弁《わきま》へざる故にて侍る。心すなを〔ほ〕なる人、俳諧にていふごとくにうそつきて世に交るべきや、又風俗[四]こうたう〔公道〕にしなして世に交る人の、衣服に興さむる程の模様をそめ、或はまた羽織袴《はおりはかま》の上に甲《かぶと》か立烏《たてえ》帽《ぼ》子《し》なんどを着して人中へ出《いで》よ、といはゞ出《いづ》べきや。能《よく》ゝ《よく》考しるべし。[五]それ俳諧は和哥のはしなれば、心を種として万《よろ》づのことの葉となり、目に見えぬ鬼神《おにがみ》をも哀《あはれ》とおもはせ、猛《たけ》きものゝふをもなぐさむる道とこそ聞《きき》しか。俳諧を修してまことの道を行《おこなひ》侍らば、なさけしらぬ人すら情をしり、あるは不孝不忠の人も不の字をとを〔ほ〕ざくべし。只世に交はりてさしむく所を前句に

四　質素に、地味に。

五　元隣の『誹諧小式』にも「誹諧は和哥のひとかたにて、天地をうごかし、男女の中をもやはらぐる道也」と見える。「心を種として」以下は、『古今和歌集』仮名序、参照。

立《たて》て、ひとつ〳〵付句《つけく》に取なを《〔ほ〕》して考《かんがへ》見るべし。前句と付句と肌もあはず、のりなじみのなき時は是すなを《〔ほ〕》の道にあらじ、とたしなみ改むべき事にこそ。

一 人とわれと常いふ詞《ことば》を句に作れば悉《ことごと》く俳諧なりと弁へしらざる人は、付句の味《あぢは》ひをもしる事かたかるべし。

一 八八頁注三参照。

二〇　不易の句

古風もむかしは当風ならし。今はた当風とおぼしき句も、又いつしか古風となり侍らん。古風といふも当風といふも、ともに作り求めたる句のすがたによりて新古の名はあれど、修し得てまことの道を行《ゆき》けん人の句は、幾とせ経《ふ》るとも新古[二]の差別はあらじ。只この道に深く心を入《いれ》なん人のまれなるこそなげかしけれ。

二一　孕句《はらみく》のこと

俳諧のわる道に入たる人の会に連《つらな》りて、前句に心をもはこばず、[三]兼てこしらへ置《おき》たる句をもてつけはめたるは、古き鞘《さや》に刀を入るゝがごとし。又兼てといふにも品《しな》あり。心ざし深かりし人の、万《よろ》づに心わたりてより〳〵おもひ〔お〕をける趣向のうちより、求めずして前句にすがりて出たらんを、程よく句に作りてつけなし侍るは、かの道にふける人の[四]哥袋とやらんいふにもひとしかるべしや。

二　森川許六(蕉門)『俳諧問答』「答許子問難弁」(元禄十年成)に「不易は、古今によろしくして用捨なし」と見える。

三　斎藤徳元『誹諧初学抄』(寛永十八年刊)に「兼てのはらみ句よりも、当意即妙の句を希(こひねがふ)べし」と見える。

四　詩想の蓄(たくわ)え。

二二　秀逸《しういつ》の発句

[一]秀逸の発句といへるは、打きこゆる所何とらへておもしろき事も見えず、只詞《ことば》すなを〔ほ〕に、[二]たけ高くして、其意味口をして述る事かたきをこそいひ侍れ。是は常に詞を巧みよせたる句をのみ面白《おもしろ》き事に覚てもてあそぶ人の耳には聊《いささか》かよふべからず。世に周《あま》ねく人のゆるしたる作者の秀逸と名にたてる発句を聞て、その底の聞えざる輩は、我心にうたがひをおこして修し入《いり》て見侍らば、自然とおもしろき意味をもしる事あらん。その分上に至らば自句に秀逸をもまうけぬべし。小細工にのみ心止まりて我とほめしてん作者は、終《つひ》に人の句

一　志太野坡（やば。蕉門）『袖日記』（元禄十五年成）に「先、上品躰の句といはゞ、一情動て、詞むつかしからず、一句のことはりさへ〴〵として、其趣向雲煙のごとく、是は功者も手をはなちたる場也。たとへば千尺の岩上より落かゝる瀧水のごとく、なまり、ねばり、甘みもなく、其妙所をはからざるは、規矩の外へ飛出たる所也」と見える見解に近い。

二　歌論用語「たけたかし」を援用しての言葉。格調があって。

の秀逸を聞得《きき》てたのしむべきさかひにもいらず。もとより身を終《を》ふるまで[三]一句のぬしともなりなん事かたくや侍らん。

二三　細工と「まこと」と

此道を修し得たらん人に、いつ時代の句を作りてきかせよといはゞ、それ〴〵に句のすがたをいひあらはす事やすかるべし。ましてことやうの句は猶更《なほさら》いひやすき事に侍らん。すべて細工にわたる所むつかしき事にはあらず。只まことを深くおもひ入《いれ》て、句のすがたは其時のうまれ次第と[四]あきらめたらん人の句は、すがたかならず一様ならず。[五]独吟の俳諧などは、所〴〵自

三　独創的な作品の作者。「句主（くぬし）」なる言葉もある。額田風之（ふうし）（野坡門）『俳諧耳底記』（宝暦末年頃刊）に「新意を吐こそ誹諧の誠なり。されば、翁も、一句のぬしとは成がたし、と申されたり」とある。

四　見究めた人。

五　一人で発句から挙句（あげく）まで全句を詠む俳諧。「独吟の句」も同じ。

然と心かはりて、見るに飽事あらじ。未練《みれん》の人に此所をしてきかせよといはゞ、まねても及びがたくや侍らん。一筋にこりかたまりたる作者の独吟の句は、みづから飽出《あきいで》侍りて、つゐ〔ひ〕にわが心にもかなふべからず。いはんや人の聞《きく》所をや。作り求たる句はいひやすく、もとめざる句はいひがたからん。その所に心をつけ侍りて他念なく修行すべし。いひやすき事を是《ぜ》として、いひ及ぼしがたきを非なりとかたくなに覚《おぼえ》たる人には、ほどこしぬべき言葉はあらじ。

一鶯《うぐひす》はうぐひす、蛙《かはづ》はかはづと聞ゆるこそを〔お〕のれ〳〵が哥なるべけれ。うぐひすに蛙の声なく、かはづ

一　『古今和歌集』仮名序の「花に鳴く鶯、水に住む蛙の声を聞けば、生きとし生けるもの、いづれか歌をよまざりける」を念頭に置いての記述。

にうぐひすの囀《さへづ》りなきこそまことには侍れ。

二四　俳諧の修行

俳諧の修行もなくて心のみ高く止《とま》りたる作者は、たとへばたかどのゝ上にのぼりて[二]四方山《よもやま》をながめつくしたる人の、心ゆう〳〵と打晴たりといへるを聞《きき》て、我もともに風景を見てんとて居ながら其所に至らん事をこのめるがごとし。ひとつ〳〵階《きざはし》をのぼらずして、いかでか高き所に至るべき。此理《ことわり》をよくわきまへ侍りて、未練の人はひたすら修行すべき事にぞ侍る。

未熟にしてわれこそ熟したれとおもへる人はおろか

二　四方八方。

にぞ侍る。修し得たる覚もなくて上手になるべき道理はあらじ、と我とわが心をさがしてあやまりをしるべし。修行なき人の器用一ぺんにて及ぶべき事にもあらず。又智恵才覚をもて至るべき道にもあらじ。

俳諧の修行といへるは、ひたすら句にまことの味《あぢは》ひを稽古して、一平生《へいぜい》人に交るをもすぐにそのまことを用〔ゐ〕ひていつはりなき事をむねと心得たらんをこそいふべけれ。

我は俳諧を仕習ひてよりいくとせを重ねたり、と指をかぞへて、それをのみ修行なりとおもへる人は心得

一　季吟『誹諧用意風躰』にも「句の心をみだりにせぬは、作者の平生身をたゞしくするにありといへり」と見える。

違ひも侍らん。まことの道にこゝろをよせずして句のうへをのみいひもてあそびたる作者は、たとひいくとせをふるとも身の益とはならずや侍らん。

二五　地《ぢ》・自句・遣句・格外

俳諧に地、自句、やり句、格外といふ事侍り。地といへるはさのみおもしろき事にもかゝはらずして、前句によくつけてとをる〔ほ〕をいふべし。自句とはみづからの手ぐせをもておもしろく作りなしたるなるべし。遣句は其あたり能句《よきく》のつゞきたらん上か、又はむつかしき前句にて付《つけ》がたき所をかろ〴〵とつけのけ侍りて、程よくやりたるをやいひ侍らん。格外といふは打きこゆる所更に前句に付《つき》よるべき句とも見えねど、底にてよく付《つき》侍りて、しかも感深きをいふなるべし。

[一]百韻の内、地三十三、遺句三十三、自句十七、格外十七、と古人のいひけるは、あながち句の数を其ごとくにしわけよといふにはあらず。百韻皆つけかた一様なる時は、見るに飽《あき》なんといへる心なるべし。

二六　連歌と俳諧

連俳のわかれは遠く見る時はとを《〔ほ〕》く、近く見る時は脊《せ》を合《あは》するがごとし。たとへば東西にわかれ行《ゆく》人の一歩しける時は袖をならべ裾《すそ》をふまへぬれど、東へ行《ゆか》ん、

一　「百韻の内、地三十三、遺句三十三、自句十七、格外十七」の出典、不詳。紹巴『連歌教訓』には「惣じて百韻の行様(ゆきやう)と申は、ひとつ心になく、地、紋所、をき交(ま)じゆる也。心深く案じぬるを紋といふ也。安々とやりたるを地といふ也。案ずべきとのみと心得て句毎に沈思すれば、後には心呆(ほ)れはて、あてがひを失ふ事なり」と見える。なお、早川丈石編『俳諧名目抄』(宝暦九年刊)の「紋の句地の句」の項に「是は案じてすべき前句にはよく案じて一ふし有事を付るを紋といふなり。其外は地なり。元来百首和歌を詠ずるに紋の歌、地の歌とて此法あり」との説明が見える。

西へ行んと心ざしのちがひたる所よりわかるゝといふ名のあるがごとし。二俳言《はいごん》のつよからん句は一歩よりわかれ行《ゆき》たる人の、遠きさかひを隔るたぐひならし。又《また》言葉やすらかにして打きこゆる所は三連哥めきたる句も、心ざす所連歌のいきかたならざるは、全《また》く俳諧なるべし。これなん脊合せたる人の東西へ行にひとしかるべしや。あるは又連哥にいふまじき詞《ことば》つゞきをもて俳諧なりといへるたぐひも有ぬべき事にぞ侍る。とかく其一句をとらへて論ぜずんば、又一槩《いちがい》にもいひがたき事なるべし。

四俳諧は連哥を元《もと》として連哥を忘るべし、と古人の詞

二　漢語、俗語等、連歌で嫌われた言葉の総称（俳諧無言抄）。季吟『増山井』（寛文七年刊）に貞徳の言葉「誹諧は即百韻ながら俳言にて賦する連歌なれば、端（はし）づくりをも誹諧之連歌と書べきなり」が見える。

三　土芳『三冊子』「白雙紙」に「五月雨に鳰（にほ）の浮巣を見にゆかん、といふ句は、詞に俳諧なし。浮巣を見にゆかん、といふ所俳なり」と見える。

四　木原宗円編『阿蘭陀丸二番船』（延宝八年自跋）に師宗因の言葉「俳諧の道、虚を先として実を後とす。和歌の寓言（ぐうげん）連歌の狂言也。連哥を本（もと）として連歌を忘るべしと、古賢（こけん）の庭訓なるよし」が見える。

にも見え侍りしか。

二七 「つよき句」と「よわき句」

つよき句、[一]よは《〔わ〕》き句の事。大かたの人は俳言がちにいひて句のかたちいかめしく作り、[二]或は文字を声にていふたぐひをのみつよき句なりと覚《おぼえ》侍る。心得ちがひなるべき歟《か》。たとへばがさつなる人の喧嘩《けんくわ》しける時、其さまさながら勇士に似たれど、[三]底意《そこい》に死《しぬ》べきまこともなく、只人の恐るべき様を作りたれば、死ぬべき場にを《〔お〕》よびて逃《にぐ》る事すみやかなるがごとし。又まことを深くおもひ入《いれ》てすがた詞柔和《にうわ》に仕立たるをよは《〔わ〕》き句なりといへるも又心得違ひなるべしや。たとへば物とが

一　許六『篇突（へんつき）』（元禄十一年刊）に「連歌、制（せい）の詞（ことば）などに、よはしと定まれるは、師説（芭蕉の見解）にも大きにいめり。いやしといへる類は曾（かつ）て嫌はず」とある。

二　梅翁『俳諧無言抄』に「こゑの字なべて俳也。屏風、几帳、拍子、律の調子、例ならぬ、胡蝶、かやうの物は連哥に出（づい）れど、こゑの字は俳言になると云にならひて、俳言もつ也」とある。

三　心底（しんてい）。本心。

めしける人に行《ゆき》あひて、我にあやまりなき事にも詞をつくしてやはらかにいひける時はよは《〔わ〕》かりしやうに見え侍れど、やむ事を得ざるになりては一足もさらずして死をきはむるがごとし。まことすくなかりしをよは《〔わ〕》き句といひ、まことを深くおもひ入《いれ》なんをつよき句なりとはいふなるべしや。その虚実[四]をも弁《わきま》へずして、句のすがた詞にのみかゝはりて強弱の沙汰しけん人は、未熟にしてひとへにあやまりなん事にや侍らん。

二八　百日の稽古より一日の座功

いにしへの俳諧師は百日の稽古より一日の座功[五]といひて、只会に出なん事を大切に思ひ侍りし。実《げに》山影、

四　うそとまこと。

五　実際に作者として俳諧の座に加わって実践訓練すること。良基『連理秘抄』（貞和五年識語）に「いかにすれども堪能（かんのう。熟達者）にまじはらざればあがる事なし。不堪のものにのみ会合して稽古せんは、中々一向無沙汰なるにもおとるべし」「只堪能に練習して、座功をつむより外の稽古はあるべからず」と見える。

水辺、居所の[一]躰用《たいゆう》、或は句の[二]いき方、つけかた、[三]さし合《あひ》等、[四]輪廻《りんゑ》の沙汰其外の詮義までくはしく侍れば、一日の座功も大切の事にて侍《はべり》し。

二九　心と詞《ことば》

まことを深くおもひ入《いれ》て言《いひ》のべたるも、詞よろしからざるはほいなくぞ侍る。[五]心と詞とよく応じたらん句をこそこのむ所には侍らめ。

詞すなを《ほ》に仕立たらん句を専一なりと一槩におもふべからず。俳言たくましからんにこそはいかいの趣はたち侍るべけれ。

一　本体と作用。丈石編『誹諧名目抄』には「山類、水辺、居所に各躰と用あり。躰はしかと山類、水辺、居所のうごかぬ物なり。用は躰の上にて少動くものなり」との説明が見える。

二　付け運び方。

三　類似・同種の言葉が規定以上に近付いていること。

四　『誹諧名目抄』に「打越(うちこし。前句の前)へ心のもどる事なり」との説明が見える。梅翁『俳諧無言抄』に「たとへば松竹等のけぶりに里と付て、又次の句に柴たくなど打越へかへるゆへ、りんゑときらふ也」とある。

五　藤原定家の『毎月抄』(承久元年成)に「心と詞とかねたらんをよき哥とは申べし」とある。

三〇　宗長《そうちやう》法師の雑談《ざふたん》

[六]宗長法師の[七]雑談に、付句は只前句にはなれてしかもはなれぬやうに有べし、たとへば蓮の茎を引切《ひききり》て見るべし、はなれやすくして、しかもその糸絶《たゆ》る事なし、其ごとくに打越《うちこし》のがれ、前句の心を捨るは蓮のくきを切《きる》にことならず、扨《さて》縁語をひかへ、寄合《よりあひ》をわきばさめるは、糸のつゞきけるがごとしと。俳諧にも又ともに信ずべき事にこそ。

三一　作者の態度

いにしへはいかいの書をあむといへば、国〳〵より

六　連歌師。駿河の人。享禄五年(一五三二)没、享年八十五。宗鑑と交流、俳諧も試みている。

七　宗長『連歌比況集』(永正六年頃成)に「前句を離れずして、而(しか)も離れ〳〵て離れぬやうに有べし。(中略)是を物によそへて知らんとならば、蓮の茎を引切て見るべし。切れば切れ安くして、而も其糸絶る事なし。其如くに打越をのがれ前句の心を捨るは、蓮の茎を切に異ならず。扨、縁語をひかへ寄合をわきばさめるは、糸の続けるがごとし」とあるに拠る。

発句を書付《かきつけ》て撰む人のかたへを〔お〕くり侍り。其内[一]長点《ちやうてん》かけたる句を小短冊に書留を〔お〕きてくはへ侍りしを、今は初心の作者に至るまで此句を入《いる》べしとてを〔お〕して書付《かきつけ》を〔お〕くり侍りき。又興行[二]の俳諧に一順をまはし侍るも、いにしへは付句を二句づゝして宗匠《そうしやう》の心をうかゞひ、其後詠草に書付侍り。今は付句も作者の心ひとつにてきはめ、いづれへうかがふよしもなくてすぐに書付てまはし侍る。かくまで法外[三]の事になりける物かな、とそゞろにかなしく侍る。

三二　証歌のこと

いにしへは名所[四]などに物をもて付る句は、古哥にて

一　すぐれた作品の頭の上に付けた様々の印(しるし)。

二　季吟『誹諧会法』に「一順、再返等の句、宗匠にうかゞひ候時は、詠草に其前句を書て、我付句を其次に二句書付て見せ候べし。急用候時は、其断(ことわり)をいひて一句ばかりも書候。然れども二句書候事本義に候」と見える。また、土芳『三冊子』「わすれみづ」にも「師、宗匠などの方へ句の直しを願ふ時、書きて遣(つかは)す法あり。たとへば一順廻りし時、書翰を以てうかがふ、二句書きて、自賛と思ふかたを口に書くべし。本懐紙に書く事あるべからず。別紙に書きて、宗匠のかたに添削の上留むるやうにすべし」と見える。

三　守るべきことをはずれていること。

四　鴨長明『無名抄』に「名所を取るに故実あり。国々の哥枕、数も知らず多かれど、其歌の姿に随

も古事にても慥《たしか》ならん証拠なき句は付《つけ》させ侍らず。
某《それがし》いまだ廿《はたち》にもみたざる比《ころ》、先師[五]松江の翁《おきな》と[六]梅花翁《ばいくわをう》
と[七]烈座の会に出て、

ちよと見には近きも遠し吉野山

といふ前句に、

腰にふくべをさげてぶら〱

と付《つけ》侍りければ、吉野山にふくべ、其故有《ゆゑある》事にや、と
[八]師のとがめにあひける程に、当惑して、先《まづ》御前句とい
へど、[九]句前《くまえ》もとを〔ほ〕く侍る間付《つく》べきやうあらばその儘付《ままつけ》
よとひたすら申されける程に[一〇]卒尓《そつじ》の事をいひ出けん、
と一座の人のおもへるところも面目なくて、

[一一]みよし野の花の盛《さかり》をさねとひて

ひてよむべき所のある也」とある。土芳『三冊子』「白雙紙」には「或は一句の余情、また名所詠み合はせたる物を付くるをいふなり。証歌はいづれの集にてもあるべき事なり」とある。

五　松江重頼。『毛吹草』の著者。編著『佐夜中山集』は、本歌、本説取り句集。延宝八年(一六八〇)没、享年七十九。鬼貫は、延宝元年、十三歳の折、入門。

六　西山宗因。「檀林風祖」(誹家大系図)。天和二年(一六八二)没、享年七十八。鬼貫は、延宝四年頃、宗因に傾倒。

七　列座の誤記。並び座すこと。

八　「先師松江の翁」のこと。すでに没しているので「先師」。

九　丈石編『誹諧名目抄』に「みづから句を付て可然(しかるべき)所を、句前の宜しきといふなり」との説明がある。ここでは、重頼が付ける番。

ひさごたづさへ道たどりゆく

といふ古哥にすがりて付《つけ》侍りき、と当座の作意をもて此哥を拵《こしらへ》て答《こたへ》ければ、めづらしく候、これは何にある哥にやと尋ねられける程に、たしか万葉か夫木《ふぼく》にて見候、といひければ、やがて執筆《しゆひつ》に書《かか》せられける。いかなれば師の心をかすめ、かく偽りをもてもたいなくも懐紙《くわいし》をけがしたる咎《とが》、かへす〲も道にそむきし事、今はたおそろしくぞ侍る。其外《そのほか》俳諧を只かろき事におもひなしたるうちの句など、ひとつ〱かぞへ出《いだ》さば無量のあやまりも侍らん。

三三　趣向の吟味

一〇「腰にふくべを」の鬼貫句を指す。

一一 鬼貫の念頭に、季吟『誹諧用意風躰』(延宝四年刊)中の「誹諧は世話を以ていひなぐさむをもと、すれば、あながち歌書を学ぶをさきとすべきにもあらじ。但無学の人の誹諧は、たとへば花を見る人の腰(こし)に一瓢をたづさへて、ひしき物(引敷物)にはあみがさにてもわがたのしみはことたりぬ、といはんがごとし」との記述があっての即興か。

一 『夫木和歌抄』。藤原長清撰。類題和歌集。寛文五年(一六六五)刊の板本で流布。証歌の検索に用いられた。

二 『仏兄七くるま』に「きさらぎ五日、大仏のほとり高森正因の許(もと)にまねかれけるおりふし、

元禄十七年の春きさらぎのはじめ、二或《ある》人のもとへ行けるに、床《とこ》に貫之《つらゆき》の像をかけて発句所望せられし時、折ふし空かき曇《くもり》てこさめ降ける中に籬《まがき》の梅のしろく咲てそこらおぼつかなき程に見え侍りければ、

413 雨雲の梅を星とも昼ながら

といふ句をつかうまつりぬ。かれこれ案じめぐらしける中にふと三蟻通《ありどほし》の諷《うたひ》をおもひ出して、四よき趣向とらへたりとて取あへず仕立たる句にて侍り。五惑説をも弁《わきま》へずしてうかと心得たればかく六あやまりなる句をも仕出し侍りぬ。すべてむつかしき句を案じ入《いり》たる時、よき趣向のうかみたるは、日でりに雨得たらんこゝちして

雨降あがりて空のけしきいまだ晴ざりけるに、庭のかたへなる梅の花しろく匂ひ、床に貫之の像をかけて発句所望ありけるに即興」とあるので、俳人正因のこと。享保三年(一七一八)没、享年未詳。

413 ○鳥路斎文十編『海陸前集』(宝永四年序)所収。「雨降日貫之卿の画像をかけて発句せよとあるじのぞみければ庭の白梅をおもひとりて」との前書。署名は「洛陽　鬼貫」。

三　シテを蟻通明神、ワキを紀貫之とする謡曲。

四　謡曲「蟻通」中の貫之歌「雨雲の立ち重なれる夜半(よ)なればありとほしとも思ふべきかは」(「星有り」が含意されている)に趣向を得たこと。

五　衆をまどわす説。貫之歌が難解歌であることをかく言ったもの。

六　貫之歌の真意を解さず、逆の趣向で句作したことを言うか。

やがて句に作り侍る事、大かたの人の常にて侍る。其時今一かへし返して心のうちに吟味有《ある》べき事にこそ。

三四　古格を知ること

いにしへ[一]守武《もりたけ》、[二]宗鑑《そうかん》、連歌に対して俳諧を興《おこ》し、[三]貞《てい》徳《とく》、[四]立圃《りふほ》、重頼《しげより》また中興して専《もは》ら世上に此道をひろむ。しかれども其詞《ことば》かたく、式こまやかにして、初学の人の道に入《いり》がたき所をおもひよりて、その後[五]梅翁《ばいをう》当風を作りてうたふ。其句の姿、詞花やかに打くつろぎたれば、人皆おほく古風を捨て、その当風にかたぶき侍りぬ。それより猶《なほ》さま〴〵に移りかはりて、いつしか彼《かの》古風をうしなひ侍りき。其古《そのいにしへ》へをしれる人は次第に

一　荒木田守武。俳諧の「鼻祖」（誹家大系図）。『守武千句』を残す。天文十八年（一五四九）没、享年七十七。百丸『在岡俳諧逸士伝』（享保八年序）の青人（あおんど）の跋に「誹道の世界においては守武、宗鑑を神代として、貞徳、重頼、立甫〔圃〕は誹諧の大祖也」と見える。

二　通称山崎宗鑑。公刊された最初の俳諧撰集『新撰犬筑波集』の編者とされる。生没年に諸説ある。

三　松永貞徳。俳諧の「中興鼻祖」（誹家大系図）。『俳諧御傘』（慶安四年刊）を著わす。承応二年（一六五三）没、享年八十三。

四　野々口立圃。俳諧式目書『はなひ草』（寛永十三年奥書）を著わす。寛文九年（一六六九）没、享年七十五。

五　一五三頁注六「梅花翁」に同じ。芭蕉は「上に宗因なくむば、我〳〵がはいかい、今以貞徳が涎（よだれ）をねぶるべし」（去来抄）との

世をさり侍りて、風儀のうつりかはりし末より学び入《いり》たる作者、そのいにしへをしらざれば、法外なる事を法外なりともしらず。或は又今新しとおもひて仕《つかまつり》侍る句も、古来いひつくしたる内にありて、古かりし事をも弁へざるたぐひも見え侍る。只句のすがたはいかやうにうつりかはり侍るとも、古格をたづねしりて心の底に置たらん作者は、を〔お〕のづから法外の仕かたはあるまじき事にや侍らむ。

三五「まことの外《ほか》に俳諧なし」

それがし八歳に成《なり》ける比《ころ》、六いなげなる発句しそめてより、十三歳の比《ころ》七松江《まつえ》維舟《いしう》に師のちなみをむすびて、

言葉を残している。

六　妙な俳句。下手な俳句。「こい〳〵といへど螢がとんでゆく」(仏兄七くるま)を指す。

七　一五三頁注五参照。維舟は、重頼の別号。『続七車』に「予が十二才のとし、一声も七文字はあり郭公、此句先師松江維舟翁長点也」と見える。

かの翁の古風をまなび、此道に心をいれて、不断独吟の百韻をつゞり、その比《ころ》名に立る古老のかた〴〵へ送りて点をこのみ見る事いく巻といふ其数をしらず。かくて十六歳の比より梅翁《ばいをう》老人の風流花やかに心うつりて、又其当風をいひ習ひ、猶其のりをもこえ侍りて、文字あまり、文字たらず、或《あるい》は[一]寓言《ぐうげん》、或は異形《いぎやう》さま〴〵いひちらせし比、発句、付句によらず人によしといはれ、我《わが》心にもおもしろかりしやうに有《あり》けるをも、修行しつる覚もなくてなす所、よき句にて有べきやうはあらじ、とひたすら我心にうたがひを起して、更にこゝろをとゞむる事なく思ふに、いにしへよりの俳諧はみな詞たくみにし一句のすがたおほく[二]はせちにして、

一　季吟『誹諧用意風躰』には「荘子が寓言は根なし詞に託して道をとけるを、是をもよのつねのうそつきの類(たぐひ)とせんは、よく荘子を見しれる人とはいふべからず」との見解が示されているが、談林にあっては、岡西惟中『俳諧蒙求』に「虚を実にし、実を虚にして、是(ぜ)なるを非とし、非なるを是とする荘子が寓言、これのみにかぎらず、全く俳諧の俳諧たるなり。しかあればおもふまゝに大言をなし、かいでまはるほどの偽(いつはり)をいひつゞくるをこの道の骨子(こっす)とおもふべし」とあるごときの理解であった。

二　世智にして。かしこげであって。

三　守武句。『守武千句』所収。

四　徳元『誹諧初学抄』に中七

或は色品《しな》をかざるのみにて心浅し。つら〳〵よき哥といふをおもふに、詞に巧みもなく、姿に色品をもかざらず、只さら〳〵とよみながして、しかも其心深し。いにしへより俳諧の発句をおもふに、

三 青柳《あをやぎ》のまゆかく岸のひたい〔ひ〕哉《かな》

四 まん丸に出《いづ》れどながき春日かな

五 うつぶいてお〔を〕どるゆへ〔ゑ〕にやぼんのくぼ

六 山伏はしぶくとかぶれときん柿

またその比当風と聞えし句、

七 摺小木《すりこぎ》も紅葉《もみぢ》しにけり唐がらし

これらはかの宗祇《そうぎ》法師の説に八非道教道非正道進正道といへるたぐひ成べし。たゞ俳諧は、狂句、作意をいふ

「出てもながき」で宗鑑句。『新撰犬筑波集』『犬子集(えのこしゆう)』は、この句形で作者名なし。

五　出典未詳。支考『俳諧二十五箇条注解』(享和二年刊)にも収録。重頼編『犬子集』(寛永十年刊)には「頭鼓(かしらつづみ)うちておどるやぼんのくぼ」の類句。

六　出典未詳。顕成編『続境海草』(寛文十年刊)に「山伏の上りし木とやときん柿」の類句。「頭巾柿(ときんがき)」は、柿の品種。

七　宗因句。中林宜休、如貞編『難波草』(寛文十一年奥書)所収。

八　宗祇『古今和歌集両度聞書』の「当流の心は、道に非(あら)ずして道を教へ、正道に非ずして正道を進むと云ふ、是(俳諧)にかなへり。史記に滑稽段〔伝〕といふ、それに似たりとぞ」に拠る。季吟『誹諧埋木』(延宝元年刊)、『誹諧用意風躰』(延宝四年刊)もこの言に言及。

とのみ心得たるばかり一槩《いちがい》にかたよるべき道にもあらず。猶深き奥もやあらん、と延宝九年の比より骨髄にとを〔ほ〕りて、物みな心にそむ事なく、やゝ五とせを経て、貞享二年の春、まことの外《ほか》に俳諧なしとおもひもう〔ま〕けしより、[一]そのかざりたる色品も、かの一句のたくみもこと〴〵くうせて、それ〴〵は皆そらごとゝなりぬ。

三六　口先の上手

修《しう》し得たる人の物がたりをうつして、未熟の人にむかひて我しり顔にいへるを、力なきひとはそのことばを信じて、げに達人なりとおもふを、よろこべる輩《ともがら》は、よこしまのわざにて侍る。及ばぬ道はひたすら修行し

一　『かやうに候ものハ青人猿風鬼貫にて候』(貞享元年刊)の青人序に「言葉に色品をかざり、句作に白粉《おしろい》をぬり一風となし、暫《しばらく》よのこゝろをとるもあれど、行水させて見ればもとの悪女にひとし。たゞ願くはこゝろを心のごとくせん人ぞゆかし」と見える。

侍るべきを、[二]他念、心をもこらさず、労《ほねをり》をもつい〔ひ〕やさずして、只口先をもて上手なりと人におもはれんことをこのむこゝろこそあさましけれ。

三七　前句のこと

当時もてはやす俳諧の中に、此句を聞《きき》給へと語り侍るを、前句は何といふにやと問《とふ》人あれば、今時前句をたづね給ふは扨《さて》も古めかしく侍る、[三]当風は前句なんどにかゝはる事候はず、といふ人などもありげに聞ゆ。にが〳〵しくこそ侍れ。

いにしへ[四]談林風《だんりんふう》、[五]伊丹《いたみ》風などいひて句にさま〴〵異《い》

二　意に介さずに。

三　心敬『ささめごと』にすでに「中つ比(ころ)よりこのかたの傍(かたはら)の好士は、一句のうへに理(ことわり)しられてうるはしきを秀逸とのみ心得、前句の寄様をば忘れ侍(はべ)るやらん」と見える。

四　檀林風。宗因風とも。許六『歴代滑稽伝』(正徳四年刊)の宗因の項に「俳諧師と成、古風の俳諧扣(たたき)やぶり、天地の間に独歩す。世挙(こぞつ)て宗因風と称し、面白がる」と見える。また「飛体(とびてい)」を唱えた宗因門の松意の項では「此時俳諧天下一統して談林風をせぬ人なし」と記している。

五　八九頁注五の鬼貫の伊丹風とは別種のもの。八文字舎白露『俳論』(文化五年刊)に「放逸の句々専ら行はれしと也」と評されている談林系の俳風。

形《ぎやう》をつくせし時節も、更に前句を忘るゝ事なく、或は文字をけうとくあましたる句も侍れど、[一]二句隔る掟《おきて》を守らずといふ事なかりし。

いにしへは一座百韻の俳諧をも句毎《ごと》に覚《おぼえ》て、或は帰りて人にかたり、或は悉く書留なんどし侍りし。今、当風なりといへるは、哥仙の句をだにおぼゆる人なし。これをおもふに、いにしへは縁語をつたひて付侍れば、一句〳〵おもひ出せばおぼえ侍りし。[二]今は前句に縁語なきことを詮なりとおぼえて作り立《たて》たる句にて侍れば、何とらへておもひ出《いづ》べき種もあらじ。ひとへに前句につかざる咎《とが》なるべし。

一 「可嫌打越物」(連歌初学抄)に同じ。「去嫌(さりきらい)」の範疇。梅翁『俳諧無言抄』に詳しい。後代の白雄に「俳諧去嫌大概」が残っている。

二 去来『去来抄』「修行」にも「付句はつかざれば付句にあらず。付(きつ)過る、病也。今の作者付ることを初心の業(ざわ)の様におぼへて、却て付(かつ)ざる句多し。聞人もまた聞(きき)へずと人の謂(はい)むことをはぢて、付(かつ)ざる句をとがめずして、能(くよ)付たる句を笑ふやから多し」と見える。

三八　祝儀の発句

祝儀の発句はそのことぶきをのべ侍りて、さのみ句のかたちに手柄をこのむべからず。付句はたゞ[三]いむべき詞に能ゝ《よくよく》心をはこびてすべし。

三九　本　意

[四]同季を付《つけ》ればよしとのみ心得て、たとへば正月の句に三月の物をつけ、四月の句に六月の物をもて付る作者も侍り。付句はよくこゝろをはこびて、時節相違なきやうにすべき事専一なるべし。

三　李由、許六編『宇陀法師』（元禄十五年刊）に「祝言の俳諧、禁忌の詞ぬき去（さる）べき事也」と見える。紹巴『連歌教訓』には「祝義〔儀〕の時分、用捨すべき詞」として「松は千年等と、きりを定る事」とある。

四　松意編『功用群鑑』（延宝八、九年刊か）に「一季に三ヶ月づゝ有。当月の物に心をよせて仕立べし。挨拶などにたとへば、正月に三月の物を云出すもよからず候。此心得肝要也。尤、三ヶ月に渡る物はくるしからず」と見える。

[一]恋の詞《ことば》をさへいへば恋の句なりとおもひて、本情なき句もおほく聞え侍る。[二]詞に恋はうすく侍るとも、心の深からんこそこのむ所には侍れ。しかはあれど俳諧の修行もなく、心のみたかくとまりて此所を仕《つかまつり》侍らば、かへりてひがごとにも成《なり》侍らんか。

[三]鶯《うぐひす》はきゝ、郭公《ほととぎす》はまち侘《わぶ》るこそ[四]詮《せん》なるべけれ。そのほか四季折《をり》〳〵《をり》の草木生類《しやうるい》に至るまでひとつ〳〵その物〳〵をとらへてくはしく所詮《しよせん》を弁《わきま》へしりて句にも〔お〕をよぼしぬべき事にぞ侍る。うぐひすつけたらん句を郭公にいひかへ、梅つけたらんをさくらにいひかへて、前句になじむべしや。物の所詮を弁《わきまへ》しりなんこそ第一

一　連歌以来定められている。例えば和及『誹諧番匠童』(元禄三年刊)の「恋の詞」の項には、「恋」「思」「泪」「傾城」「情」等々が見える。後代には葎雪庵北元編『俳諧恋の栞』(文化十三年刊)なる「恋の詞」を集めた一書も編まれている。

二　土芳『三冊子』「白雙紙」に芭蕉の言葉「昔の句は、恋の言葉をかねて集め置き、その詞をつづり、句となして、心の恋の誠を思はざるなり。今思ふ所は、恋別して大切の事なり。なすにやすからず」が見える。

三　はやく長明『無名抄』に「郭公(ほととぎす)などは山野を尋ね歩きて聞く心をよむ。鶯ごときは待つ心をばよめども、尋ねて聞く由をばいとよまず」と見える。

四　「所詮」も同じ。文芸的本質。文芸的特質。「本意」「本情」と重なる概念。長伯が独自の概念を付

の事なるべけれ。

四〇　四季の月

五 春の月は、くれそむるより朧《おぼろ》たちて物たらぬけしき。

夏の月は、灯《ともしび》を遠く置て詠《なが》め深し。

秋の月は、窓に軒に海に川に野に山に。

冬の月は、一むらの雲の雨こぼし行隙《ゆくひま》を照していそがし。

与して用いた歌論用語。

五 許六『俳諧雅楽集』(宝永二年成か)に「四季の月」について「朧月は、幽に見定ぬ心、おぼつかなき心、昼は霞、夜は朧一物二名也。春の月、底面白き心、口外に花あるやうにすべし、春宵一刻価千金の心持有べきよし。夏の月、こゝろよく清き心、口外に涼しきこゝろ有べし、短かきこゝろもあるべし。初月は、七月也、ものゝ改りて珍らしき心よし。盆の月、便りなき心、又口外に踊有べし。名月は、物の真中なる心、世界に満たる豊なる心よし、外に又伝有り。月見は、人情興ずる心也、見の字に力入るべし。冬の月、定めなき空におもはず花やかなる心、寒き心も花有り。寒月、きびしき心、氷堅まる心、骨にものゝしみ渡る心も有べし」と記されている。

四一　四季の雨

一春の雨は、二物こもりて淋し。

夕立は、気晴て涼し。

五月雨《さみだれ》は、欝《うつ》〲《うつ》とさびし。

秌《あき》の雨は、底より淋し。

冬の雨は、するどにさびし。

一　許六『俳諧雅楽集』に「四季の雨」について「春雨は、ものを生長する心、ほつと匂ひ有る心。五月雨、日に〲はてしなき心、ものを降隠す心、世界一面に句作るべし、したゝるき心も有。白雨《ゆふだち》は、勢ひある心、民の悦ぶ姿尤よし。秋雨、しづかなる心、かはき兼る心。時雨、甚《はなはだ》風雅なる心、あはれに面白き心」と記されている。月といい雨といい鬼貫と許六とでは「本意（本情）」の理解、把握に微妙な違いがある。

二　芽吹き直前の様子、活動期直前の様子をこのように表現したものか。

未練の人の俳諧は春雨のと五文字言《いひ》いでし時、春雨前に出候といへば、秋さめのと付替《かへ》侍らんといふこそ[三]うたてけれ。

三　情けない。

下

一　新年

とし立《たち》かへるあした、去年《こぞ》ことしの雲の引わかるゝ比《ころ》、鳥の声や、花やかに、残る灯に鏡立て妹《いも》がころものうらめづらしく粧《けは》ひなし、家〳〵にかん[一]などいはひ、[二]かはらけとり〴〵にむつまじく、門には松立《たて》ならべ、[三]砂うちまきて、ことぶきいひかはす人の往来《ゆきき》も二日三日までは常の牛馬の通ひもなくてうらゝかに、あるは[四]庭かまどに手あしさしのべてうちねぶりなんどした

一　羹。雑煮。安楽庵策伝『醒睡笑』(寛永五年成)巻之三に「元日に羹(かん)を祝ふところへ、数ならぬ者礼に来る」と見える。

二　酒盃。屠蘇酒のためのもの。

三　正月の歳事としてのこの敷砂の記述、貴重。正月の神迎えとかかわるものであろう。

四　正月の風俗で、土間に新しく囲炉裏を作り、飲食をした。「庭囲炉裏」とも。西鶴『世間胸算用』(元禄五年刊)巻四の二「奈良の庭竈」に「はや正月の心、いゑ〳〵に庭いろりとて釜かけて焼火(たきび)して、庭に敷ものして、その家内旦那も下人もひとつに楽居して不断の居間は明置て所ならはしとて輪に入たる丸餅を庭火にて焼喰もいやしからず」と見える。

るもいそがしからず。

二　春の自然と風物

梅は軒の一垂氷《たるひ》のふと〳〵敷《しく》、冬のこゝちもまだはなれがたきに、一輪の二にほひ窓よりこぼれ入て、やゝ春めき、きさらぎの比《ころ》は三誓願寺《せいぐわんじ》に火をともして人の心をかゝげ、あるはかた山里の折かけ垣に見ゆるもやさし。

四室咲《むろざき》はいつの比、誰人のまち佗ておもひよりけん。実《げに》あたゝかなるを春にまがへて咲出《いづ》る花の心こそすなを《〔ほ〕》なれ。

一　氷柱（つらら）。
二　鬼貫が参照していると思われる「本意」を記した長伯『初学和歌式』（元禄九年刊）の「梅」の項は「にほひを専によめり」と書きはじめられている。以下、一一（いちいち）については触れないが、全体的に『初学和歌式』を参照しての記述であることは明らか。
三　「誓願寺」は京の浄土宗西山深草派の総本山。ここは、誓願寺の梅「未開紅」の記述。中川喜雲『京童（きょうわらべ）』（明暦四年刊）に「この御やしろのまへなる紅梅は未開紅と申すなり。このはなのいろはいまだひらけざるときくれなゐふかくうるはしきゆゑの名なり。としどしの春ごとに都鄙の人まうでて詩歌など侍るなり」と見える。
四　室（むろ）の中で暖めて咲かせる花。四時堂其諺『滑稽雑談』（正徳三年序）に「近世世俗の賞する所」とある。

うぐひすは声めづらしき朝《あした》より、障子にうつる日影ものどやかにおぼえ、きのふけふ野山もけしきだちて、とぢたる水もを〔お〕のづからながるゝ比《ころ》、声もともによくほどけて霞に伴ひ花にあそぶ。又青葉が枝に囀《さへづ》る比はひたすら[五]お〔を〕しき。

蛙《かはづ》は水の底にて鳴初《そむ》るより、上に出て雨こふ声もあはれに、旅にあれば古郷《ふるさと》の空なつかしく、あるは夜もすがら野になく声の枕につたふ寝覚こそたゞならね。

柳は花よりもなを〔ほ〕風情《ふぜい》に花あり。水にひかれ、風にしたがひて、しかも音なく、夏は笠なふ〔う〕して休らふ人

五　「かわいらしい」の意とも考えられるが、「名残惜しい」であろう。

を覆《おほ》ひ、秋は一葉の水にうかみて風にあゆみ、冬はしぐれにおもしろく、雪にながめ深し。

[一]桜は初花《はつはな》より人の心もうき〱敷《しく》、きのふくれ、けふくれ、爰《ここ》かしこ咲も残らぬ折節《をりふし》は、花もたぬ木の梢《こずゑ》〱もうるはしく、くるれば又あすもこんと契り置《おき》しに、雨降《ふる》もうたてし。とかくして春も末になりゆけば、散つくす世の有様を見つれど、又来る春をたのむもはかなし。あるは遠山ざくら、青葉がくれの遅ざくら、若葉の花、風情をの〔お〕〱一様ならず。桜は百華《ひやくくわ》に秀《ひいで》て古今もろ人の風雅の中立《なかだち》とす。

一 兼好『徒然草』第一三七段の「花はさかりに、月はくまなきをのみ見るものかは」「咲きぬべきほどの梢、散りしをれたる庭などこそ見所多けれ」が念頭にあろう。

二 桃の花は桜よりよく肥て、にこやかなり。

三 梨子《なし》の花はひそかに面白し。

つゝじ、藤、山吹、其外《ほか》名をもてる物、古哥にすがり、古き詞にもたれて、只おもしろしとのみ大かた四 上にてながむる人おほし。底より詠《ながむ》る人は、我心われに道しるべして、まことのおもしろき所に入《いる》べし。其感より出《いで》たらん発句は、その意味、こと葉に述る事かたくや侍らん。

野に五 つくり〳〵と人の見えしは、わか菜つむ比《ころ》より

二　長伯『初学和歌式』は「三月三日」の項に「桃の花をよむにはみちとせになるてふ桃、そらさへ花の色にゑふなどよめり」と記している。許六『俳諧雅楽集』には「桃は、低きもの、賤しき心、暖なる心、田舎体よし、うつとしきこゝろも又有」とある。鬼貫に「軒うらに去年の蚊うごく桃の花」（鬼貫句選61）、支考（蕉門）に「船頭の耳の遠さよ桃の花」（蓮二吟集）の句。

三　鬼貫に「杖ついた人は立けり梨子の花」（鬼貫句選62）、支考に「馬の耳すぼめて寒し梨の花」（蓮二吟集）の句。

四　「上にてながむる人」と「底より詠る人」が対置されている。「底より詠る人」の対象把握が「まこと」に繋がるもの。

五　あちらこちらと、の意か。不詳。

草〳〵にたはぶれ出《いで》て、すみれ、つばなに春お〔を〕しきまでなるべし。

三　夏の自然と風物

一 卯月朔日《うづきついたち》は櫃《ひつ》くさき衣の袖に手さし入《いる》るより、身もかろく気もひときはかかはりて覚ゆ。二 すだれかへらるゝ上《かみ》ざまの事ははかりてもいひがたし。

郭公《ほととぎす》の比《ころ》は誰もみな空に心を置て、月にあこがれ、雨にしたへど、まれにもきかぬ折ふしは、もし夢のうちにや鳴《なき》つらん、人もや聞《きき》つらんとねざめ〳〵をうらみ、又たまさかにも聞つる後はなを〔ほ〕したはしく、人の

一　「更衣」の描写。貝原好古篇録、貝原益軒刪補『日本歳時記』(貞享五年刊)の四月朔日の項に「今日より五月四日まで袷を着（きる）ゆへ、今日を衣がへといふ」と見える。

二　月村斎宗碩編『藻塩草』(永正十年頃成)に「青葉の簾、翡翠のすだれとて、四月一日、新き御すだれをかくる也」とある。また、黒川道祐『日次紀事』(貞享二年序)の四月朔日の条に「九月晦日に至るまで几帳等単の紗を用ゆ」と見える。

家より文もて出《いづ》るをも、いかなる心をやいひ〔お〕をくりけん、とゆかし。

三 ふかみ草はほこりかにうつくしく、

四 芍薬《しやくやく》はすげなきやうにてうつくし。

五 卯の花は郭公《ほととぎす》と中〔仲〕よく、あるは月と見て闇《やみ》をわすれ、雪と見て寒からず。

花橘《はなたちばな》は六あて〳〵敷《しく》、おもしろしとも見えず。心のうちにながめはふかし。

三　牡丹の異名。順徳天皇『八雲御抄』に「牡丹、ふかみ草、廿日をかぎりてさく花也」と見える。北村季吟『山の井』(正保五年刊)に「もろこしには花の王ともてはやし、牡丹は花の富貴なる物ともいへ」と。

四　「芍薬」は四月の「誹諧四季之詞」の一つ(毛吹草)。長伯の『初学和歌式』の記述が和歌以来の「竪題《たてだい》」に限定されているのに対して、鬼貫の『独ごと』は、俳諧季語である「横題」にも目配りして記述している。両著の大きな相違点。

五　「卯花」と「時鳥」(郭公)「闇の夜」「雪」は、それぞれ付合語(類船集)。

六　これみよがしで。

螢《ほたる》はひとつ、ふたつ見え初《そむ》る軒ば、夜道行《ゆく》草むら、
一 瀬田の奥に舟さし入《いれ》て花と見る柳の盛《さかり》。
二 蟬は日のつよき程声くるしげに、夕ぐれは淋し。又山路ゆく折節《をりふし》、梢《こずゑ》の声、谷川に落るも涼し。

蓮の花は朝のながめ一入《ひとしほ》いさぎよく、昼は又《また》涼し。夕ぐれは心沈む。此華《はな》仏の物にこゝろうつりてみれば、さかり久しからずしてちりぎはのもろきもたう〔ふ〕とし。猶ふかく賞して観念の奥に至らば、埋れたる仏性《ぶつしやう》終《つひ》に三 忘〔妄〕心の泥をも出づべし。

一 今の滋賀県大津市。勢多、勢田とも。ここは瀬田川のこと。道祐『日次紀事』に「勢田の螢、他産に比して則ち形大に、光甚だし。諸方より之を求む」と見える。去来、凡兆編『猿蓑』(元禄四年刊)に「勢田の螢見二句」と題して凡兆句「闇の夜や子共泣き出す螢ぶね」と芭蕉句「ほたる見や船頭酔ておぼつかな」が見える。

二 長伯『初学和歌式』には「せみの声は、あつきやうにもよみ、又涼しきやうにもよめり」とある。

三 迷いの心。

四 時宗国阿派の祖、国阿の住した京の東山双林寺。貝原益軒『京城勝覧』(宝永三年序)に「高台寺の東北高き所なり」とある。

五 華頂山は、京東山知恩院の山号。『京城勝覧』には、山門も図示されている。

六 四条の涼、下鴨糺の涼は有名であった。道祐『日次紀事』は、

涼《すずみ》は四国阿《こくあ》の堂、五華頂山《くわちやうざん》の山門。六四条糺《ただす》の床は心散てさは〔わ〕がし。又かた田舎は樗《あふち》なんどの下に昼寝むしろ敷《しき》たるもこのもし。

四　秋の自然と風物

秋立《あきたつ》朝は山のすがた、雲のたゝずまひ、木草にわたる風のけしきもきのふにには似ず、心よりおもひなせるにはあらで七を〔お〕のづから情のうごく所なるべし。

七夕《たなばた》の日は誰もとく起て八露とり初《そむ》るより、あるはことの葉をならべ、あるは古き哥を吟じて、更《さら》に心を起

四条の涼を「凡そ今夜(六月七日)より、十八日の夜に至りて、四条河原、水陸寸地を漏らさず床を並べ、席を設く。良賤船楽す。東西の茶店、挑灯(てうちん)を張り、行灯(あんどん)を設く。恰(あた)も白昼の如し。是を涼みと謂ふ」と記し、糺の涼を「今日(六月十九日)より諸人参詣、納涼の遊を為す。林間、仮に茶店を設け、酒食及び和多加の鮓(すし)等を売る」と記す。

七　鬼貫句「なんで秋の来たとも見えず心から」(鬼貫句選181)が参考となる。

八　好古篇録『日本歳時記』に「七夕星に手向る詩歌を、芋の葉の露を硯にすりて梶の葉にかく事、新勅撰集の歌に、草の上の露とるけさの玉づさに軒端の梶はもとつはもなし」と見える。歌の作者は藤原家隆。『新勅撰和歌集』は、藤原定家撰の第九番目の勅撰和歌集。

し、あるはまた[一]糸竹《いとたけ》をならし、酒にたはぶれ、舟に遊びて、あすにならん事をお〔を〕しむ。

桐の葉はやすくおちてあはれを告るさま、いづれの木よりもはやし。月のためには日《ひ》比覆《ごろおほ》へる窓、軒ばも晴やかに見ゆ。

[二]朝がほははかなき世のことは〔わ〕りをしらしめ、なさけしらぬ人すら仏にむかふ心をおこせば、しぼめる夕をこそ此花の心とやいはむ。

萩のさかりは、野をわけ入《いり》てか[三]ひ〔い〕くるゝをもしらず、

一　笛、琴等の管絃楽器。この部分の遊宴の記述は、貴重。

二　長伯『初学和歌式』にも「朝皃（あさがほ）は日かげをまでしぼむものなれば、みる程もなき心をいひ、又は世のはかなきにたとへてもいふ也」と見える。

三　「かき」の音便。語調を整える。

人の庭に有《あり》ては露ふく風に花をおもひ、かたぶく月に俤《おもかげ》〔を〕おしむ。又花もやがてならんと見る比の風情《ふぜい》こそいひしらず〔を〕おかしけれ。愛する人のまれなるぞうらみには侍る。

荻《をぎ》はむかしより風にしたしみて四そよぐの名あり。

薄《すすき》は色〳〵の花もてる草の中にひとり立て、かたちつくろはず、かしこがらず、五心なき人には風情を隠し、心あらん人には風情を顕はす。只その人の程〳〵に見ゆるなるべし。六みの笠《かさ》取もとめて行けん人の、晴間まついのちの程もしらじ、といひけん道のこゝろざしは、

四　長伯の『初学和歌式』に「荻には風のそよぐが淋しく哀ふかき物也」と見える。ただし、「そよぐ」の異名はない(詩歌連俳異名分類鈔)。あるいは、ここでの「名」は評判の意か。不詳。

五　鬼貫句に「おもしろさ急には見えぬ薄かな」(鬼貫句選206)。

六　登蓮法師のこと。この挿話、長明『無名抄』に見える。補注6参照。

かくおもひ入《いり》なんこそ有がたけれ。

女郎花《をみなへし》はあさはかにながむる時はさのみもあらじ。よりそひてしばし心をうつしみれば、立《たち》のきがたし。たとへば一すげなき女の情ふかきがごとし。又雨の後は物や二おもふとはれ顔にうつぶき、あるは風に狂ひて三くねりなんどしたるけしきは、恨るに似たり。

四中元の日は五蓮葉《はすは》に飯をもり、六鯖といふいをに鯖さし入《いれ》て、生《いき》る身をことぶき、親もたらぬ家には七鼠尾草《みそはぎ》に水打そゝぎ、こしかたの有増《あらまし》をおもひ出して千ゞ《ちぢ》のあやまちを悔《くい》、或は万《よろ》づの恵みをしたひて、袖さへぬ

一　長伯『初学和歌式』に「をみなへしは、いづれの哥もみな女に比してよめり」「野風になびくをあだなりともよめり」と見える。
二　平兼盛歌「しのぶれど色に出でにけり我が恋は物や思(おもふ)と人の問ふまで」(拾遺集)が念頭にあろう。
三　「クネルハ女ノナマメク躰(てい)也」(歌林樸樕)。
四　陰暦七月十五日。盂蘭盆会(うらぼんえ)。
五　道祐『日次紀事』に「地下(ぢげ)の良賤各(おのおの)荷(はす)の葉を以て糯米(もちごめ)の飯を裹(つつ)み、鯖魚を其の上に載せ、親戚の間互に相(あひ)贈て之(これ)を祝す。是を荷の飯(めし)と謂ふ」と見える。
六　『日次紀事』に「此の月、専ら鯖魚を賞す。一双を一挿(ひとさし)と称す。一箇の首を以て、一箇の首の内に挿す。之に依りて一挿と称す」と見え、鬼貫の記述が明らか

るゝ折節《をりふし》、仏唱ふるよその夕《ゆふべ》もおもひやらる。

次の夕は火をもて霊《たま》送る、はかなし。[八]山には大文字《だいもんじ》、妙法、舟やうの物、火をさしよする程はしばしこゝろもうき立《たち》侍れど、かたちあらはしてやがて跡なく消るも又はかなき。

[九]躍《をどり》はかたちより心を狂はせ、心よりかたちにまよふ。わらんべの品《しな》よきには、闇たどる親の夜もすがら付まとひ、あるはあらをのこのさま〴〵に出立《いでたち》たる、[一〇]けうとくもお〔を〕かし。顔つゝみたれば、誰ともしらず。見る人にたちよりて、我ぞと人に語りなせそ、とさゝやき

となる。

七　湿地に自生する多年草。『日次紀事』の七月十四日の条の「盂蘭盆会」の項に「人家、棚を設け、各位の牌を安んじ、盂蘭盆会を修す。(中略)鼠尾草(みそはぎ)を以て、水を灌(そそ)ぎて、之を拝す。是を水を向くると謂ふ」と見える。

八　中川喜雲『案内者』(寛文二年刊)に「松ヶ崎には妙法の二字を火にともす。やまに妙法といふ筆画に杭をうち松明(たいまつ)つけて火をともしたるものなり。きた山には帆かけぶね、浄土寺に大文字みなかくのごとし」と見える。

九　盆の期間に躍る様々な躍り(「懸躍」「小町踊」等)の総称。

一〇　うす気味悪いが面白い。

なんどしたるは、しらせ顔にて又お《〔を〕》かし。あるは身も一を《〔お〕》しさげがたき女の、帯、二帷子《かたびら》など取出して、すがたを人にお《〔を〕》どらせ見るもやさし。

虫は雨しめやかなる日、籬《まがき》のほとりにおろ〱三鳴出《なきいで》たる、昼さへ物あはれなり。月の夜は月にほこり、闇の夜はやみにむもれず、あるは野ごしの風にを《〔お〕》のれ〱が吹送る声、四いつ死ぬべしとも聞えねど、秋かぎる命の程ぞはかなき。つくねんとして夜も更《ふけ》、こゝろも沈みて、何にこぼるゝとはしらぬなみだぞおつる。

五紅葉の比《ころ》はきのふの雨にけふの梢《こずゑ》をおもひ、けふ又

一　大衆に交じって躍りに参加できない上流階級の女性が。

二　裏のない着物。

三　少しだけ。

四　長伯『初学和歌式』に「秋さむくなりては声もよはり行をあはれみ」と見える。

五　『古今和歌集』に「龍田川もみぢ葉ながる神奈備の三室の山に時雨降るらし」(読人しらず)の歌。

あすの時雨をおもふ。時しも空定めなければ、かひ〔い〕打《うち》晴て枝も葉も雫《しづく》だちたるに、夕日こぼるゝ風情《ふぜい》こそ色ことにうるはしけれ。遥《はるか》に遠山をのぞめば、耳にかよはぬ鹿の声さへ心にうごきて、其里人の目をさましけん夜ゝの寝覚をおもひ、あるは名に六たてる山のあらしはげしき折《をり》ふしは、七あからめなせそといひけん筏士《いかだし》が八つゞりの袖もいつしか錦《にしき》にかはりて、九を〔お〕のが影さへ底にみゆらん。花は散《ちる》をいとへど、紅葉はちりてだにながめをのこす。

一〇鴈《かり》はひとつ〳〵山こえて、跡なく見果る。舟の上にて古郷《ふるさと》のかたに行ちがふ声、又番《つが》ひ〳〵ならびゆく中

六　嵐山を指す。

七　『金葉和歌集』中の源経信歌「大堰川《おほゐがは》いはなみ高しいかだ士よきしの紅葉にあからめなせそ」を踏まえる。「あからめ」は、よそ見。

八　継ぎ合わせて作った着物。そまつな着物。

九　『古今和歌集』中の凡河内躬恒《おおしこうちのみつね》歌「風吹けば落つるもみぢ葉水きよみ散らぬかげさへ底に見えつつ」を意識しての措辞。

一〇　長伯『初学和歌式』に「雁は、二月のなかばにかへりて、八月なかばにくるといへり」とある。

に、はしたなる鳥のまじはりたる、いづくの網にか身をうしなひけんと妻の心ぞおもひやらる。

鹿は角ありてそのかたちいかめしけれど、おそろしき名にもたゝず、あるは[一]紅葉の林にたゝずみ、[二]萩がもとの月にあこがれ、[三]妻をこひ、友をしたひて秋のあはれを声につかねて鳴ものならし。[四]賢き人の害をさけて友にしけんもげにさもこそあらめ。又[五]齢《よはひ》を延《のぶ》るためしは蒼《あを》く、しろく、黒くなん色をかゆるときけば、鶴《つる》亀のめでたき数にも類ふべしや。

[六]菊は霜か花かと見まがふ朝《あした》、まち得たる心地ぞする。

一 『古今和歌集』中の歌「奥山にもみぢ踏みわけ鳴く鹿の声きく時ぞ秋はかなしき」(読人しらず)等が念頭にあろう。
二 『古今和歌集』中の藤原敏行歌「秋萩の花咲きにけり高砂のをのへの鹿は今や鳴くらむ」等が念頭にあろう。
三 『新古今和歌集』中の大江匡房歌「妻恋ふる鹿の立ちどを尋ぬれば狭山が裾に秋風ぞ吹く」等が念頭にあろう。
四 「賢き人」は、蘇子瞻(蘇東坡)。『古文真宝』(後集)の蘇子瞻(そしせん)作「赤壁賦」に「麋鹿(びろ)を友とす」が見える。
五 唐『述異記』に「鹿千年化して蒼と為り、又五百年化して白と為り、又五百年化して玄と為る」。『本草綱目』『滑稽雑談』にも同様の記述。
六 『古今和歌集』中の凡河内躬恒歌「心あてに折らばや折らむ初

にほひを万花のしりへにこぼし、七風に傲《おご》り、霜を睨《にら》みてを《〔お〕》のれ顔なる風情、殿上《てんじやう》の庭に有《あり》ては冨《とめ》るがごとく、民家の園にありてはひそめるがごとし。世人これを愛してちまたに行《ゆき》かふさま、僧に一日の行脚《あんぎや》あり、俗に一日の旅行あり。それが中に鬢老《びんおい》たる人の、目鏡《めがね》なんど顔にを《〔お〕》しあて丶籬《まがき》のほとりのぞきまはるあり。わかやかなる人は嘲《あざけ》らめど、八松柏《しようはく》の契りによせておぼふ《〔ゆ〕》。此花ひとり年〱に九めづらしきかたちを咲出《さきいで》侍れば、猶《なほ》いくばくの数つもりけん、と千世経《ちよふ》べき後の人のながめぞうらやまれ侍る。

霜の置きまどはせる白菊の花」を念頭に置いての表現。

七　蘇東坡「贈劉景文」の中の「荷(はす)は尽きて已に雨を擎(ささ)ぐる蓋(かさ)なく、菊は残(そこな)はれて猶ほ霜に傲る枝有り」(近藤光男書下し)に拠る。

八　『和漢朗詠集』「菊」の条の「嵐陰(らんいん)暮なんと欲す。松柏の後に凋(しぼ)まんことを契る」(秋くれがたになりぬれば、諸の木草は皆衰へ凋(そこな)へるに、菊のみ、独、松柏と共に諸木の後に凋まんことを契りて、更に衰へたる気色もなしといふ也。永済註)に拠る。

九　喜多村信節『嬉遊笑覧』(文政十三年成)に「雅筵酔狂集に近世この花はやりて新花を作り出し菊合の会をしける」とある。正親町公通『雅筵酔狂集』は、享保十六年刊。未見。

五　冬の自然と風物

一神無《かんな》月《づき》は春に似てうるはしく、花は桜が枝にかへりて俤《おもかげ》を見するとすれど、其色打かは〔わ〕きてさすがになやめるがごとし。夕陽はやくめぐり、夜たけなはにして、空行《ゆく》風、枕にこたへ、木葉《このは》の雨、軒にそぼちて、更《さら》に秋の寝ざめをうしなふ。

霜は木草みな枯せど、しろき事花にかはりて咲《さく》がごとし。あるはとしくれぬる人のかしらをお〔を〕かして、後の世のちかき事をしめし、あるは暁お〔を〕しむ二きぬ〴〵にはしばし足跡をのこして形見ともなしけらし。又《また》三瓦に

一　季吟『山の井』の「初冬」の項には「かへり花もかつ〴〵ひらき、初雪もやう〳〵とけて、名にあふのどけさなどもつらね侍る」とある。

二　男女が共寝した翌朝。

三　貞門の俳人俊安に「朝霜は鬼瓦（おにがはら）にも化粧（けしやう）かな」の句（毛吹草）。

置《おき》ては鬼の顔さへけはひぬれど、四行《ゆき》つかぬさまぞお〔を〕かし。

雪は音なふ〔う〕して、夜もすがら降《ふる》ともしらず、常の心に朝戸を〔お〕しひらけば、そこらみな白妙になりて木ゝの梢を埋み、あばらなる賤《しづ》が軒ばも風情つきて、五ふくら雀《すずめ》六のつく〴〵とならびゐたる、七ころもかしたき心地ぞする。又山〳〵を見渡しては旅行《ゆく》人のさぞなるらめとおもひやり、あるは岡野べの松の一むらより朝げ、夕《ゆふ》食《げ》のけぶりの細く立のぼるも侘《わび》し。

霰《あられ》は松にたまらず、竹に声もろく、地におちては米

四　清少納言『枕草子』に「舎人(とねり)の顔きぬ(白粉)にあらはれ、まことにくろきに、しろき物(白粉)いきつかぬ所は、雪のむらむら消えのこりたるここちして、いとみぐるしく」とある。参照されているか。

五　寒気を防ぐため羽毛をふくらませている雀。鬼貫句に「葉は散てふくら雀が木の枝に」(鬼貫句選297)。

六　じっと静かに。荷兮(かけい)句に「霜月や鸛(こふ)の彳々(つくつく)ならびゐて」(冬の日)。

七　芭蕉句「初しぐれ猿も小蓑をほしげ也」(猿蓑)が影響しているか。

[一]簸《ひ》るに似たれば、すゞめ鶏《にはとり》なんどのまがへ[二]て觜《くちばし》を費しけるもわり[三]なく見ゆ。消る事は露よりも猶すみやかなれば、詠《なが》めも又ともにいそがし。

氷は風寒き夜、水の面《おも》いつしかとぢて、日ごろの月の影も沈めず、朝な〳〵日影にうかめる魚のかしらを覆《おほ》ひ、[四]かへる浪なきとながめけん志賀の礒辺の捨ぶねは繋《つな》がずして行《ゆく》事なく、あるは世を捨人《すてびと》の庵《いほり》には筧《かけひ》の〔お〕をとも絶《たえ》〳〵《だえ》になりて、[五]事たるほどもかよはず。柄杓《ひしやく》は桶《をけ》のうちにゐつきて、柄《え》を握れどもうごかず、あるはわらんべの瓶《かめ》より出しもて遊びてはたゝく音、かねのごとく、むかへばまた鏡のごとし。とかくして年も

一　選り分ける。
二　見間違えて。
三　仕方なく思われる。
四　西行歌「風さえてよすればやがて氷りつゝ返る浪なき志賀の唐崎」(新勅撰集)に拠る。
五　伝西行歌「浅くともよしや又くむ人もあらじ我に事たる山の井の水」に拠る(武笠三校註『鶉衣』他参照)。
六　「氷様(ひのためし)」のこと。喜雲『案内者』に「旧冬納まるこほりのあつさうすさにて、豊年凶年を奏聞せる事と也」と見える。
七　「賜氷節(しひょうのせつ)」のこと。仁徳天皇以来の行事(日本紀)。好古

きのふにくるゝあした、六厚きうすきためさるゝおほん恵みこそ有《あり》がたけれ。七水無月朔日《みなづきついたち》はこれをはこびて上《かみ》に奉るとなん。此例《ためし》は千世万代《ちよよろづよ》も消る事なくめでたき氷なるらん。

千鳥の声は沖にたゞよふ舟の中の旅人、恋路《こひぢ》にまよふひとり寝の枕、老たる人のいねがて、すべて耳にかよふ所、心〱に品《しな》かはりてあはれの数はおほかりけらし。しかのみならず、八汐《しほ》のみち干《ひ》を告てはかの武士の誉《ほま》れをのこし、加茂《かも》のかはらの川風には、夜たゞ声の吹《ふき》流してもろ人のねぶりを洗ひ、九けふもくれぬる声のうちには、あすしらぬ身のはかなき事にもうつりやす

篇録『日本歳時記』に「季冬ごとにこれ（氷）を納て、国々所々氷室をおかれ侍りしなり。近き世まで丹波のおく山に氷室（「土を一丈余りほりて、草を其上に布き、茅萱（ちがや）などをあつめしきて氷をおさむれば、いかやうなる大旱（だいかん）にもとけず。是を取て熱月に用る」）ありけるとなん。又富士山、伯耆の大山（だいせん）などよりも氷を献ぜしなり」と見える。

八　「かの武士」は、太田持資（資長、太田道灌）。湯浅常山『常山紀談』（元文四年序）に挿話が見える。補注7参照。鬼貫は何に拠ったか。

九　『後拾遺和歌集』中の円昭法師の「中関白の忌（いみ）に法興院に籠りてあか月がたに千鳥の鳴き侍りければ」の詞書のある歌「明けぬなり賀茂の川瀬に千鳥鳴く今日もはかなく暮れむとすらん」を踏まえる。

く、一黒谷山《くろだにやま》の念仏ぞしたはる。是なん夜毎《よごと》に人の心を二殺してんかの鳥のおこせるならし。

火は炉辺に春をまねきて窓に鶯の声なき事を恨み、独り雨聞閨《きくねや》の中には夜もすがら灰などせゝりて三やをら心の底をさがし、あるはかゞまる指を補ひては筆とりて四更行《ふけゆく》鐘のおもひをのべ、あたゝめし衣の化《あだ》にさめにし心の奥など書つくしたるうさには、五下にこがれしその比《ころ》ぞしたはる。六又むつまじくみゆる物は、つま子取《とり》まはしたる火燵《こたつ》、七あはれしらるゝものは老たる人の火《ひ》桶《をけ》にもたれて何おもふらんと見ゆるの。

一　比叡山西麓。真正極楽寺(真如堂)がある。去来句に「涼しくも野山にみつる念仏哉」(続猿蓑)。
二　愁殺(しゅうさい)するところの。
三　静かに。
四　小侍従歌「待つ宵に更けゆく鐘の声聞けばあかぬ別れの鳥はものかは」(新古今集)を踏まえ、恋の思いを述べ、との意。
五　在原業平歌「埋火の下にこがれし時よりもかくにくまるゝをりぞかなしき」(和漢朗詠集)に拠る。
六　許六『俳諧雅楽集』に「巨燵はむつまじき心」と見える。
七　『俳諧雅楽集』に「埋火は、夜分静なるよし。老の情尤(もっとも)よし」とあるのが参考となる。
八　『山家鳥虫歌』に「臼よ回れよ回れよ臼よ　晩の夜びきに回りあふ」と見えるように、性交為を連想させる表現。
九　好古篇録『日本歳時記』に「この日(十二月一日)を乙子朔日

六　歳暮の風物

果《はて》の朔日《ついたち》は、子をもたぬ人だに、我もやがて八臼《うす》にちなまんなど、ともに打いさみて九隣の餅にことぶきいひかたらひ、妻なき人はむかへん事をおもひて、顔まだしらぬ子孫をしたふ。又《また》都のはづれ〳〵、此日より一〇姥《うば》らといふもの出《いで》て、門《かど》〳〵《かど》にさまよひ、声ざまのぎやう〳〵敷《しき》より、人の心も何くれとせはしくぞ覚ゆる。

一一節季候《せきぞろ》はいつの世よりか初りけん。実《げに》春秋のものとは見えぬかたちこそお〔を〕かしけれ。手うちたゝきて拍子よくそろひたるに、物などいそがしく荷《にな》ひて庭通りた

（おとごっいたち）と云。又乙子のもちとて餅（もち）を製し祝ふ事あり。いつの頃よりはじまりし事にや。されば一年の間事なく、朔日を悉くかぞへ来りし事を祝ふ意なるべし」と見える。

一〇『人倫訓蒙図彙』（元禄三年刊）に「女の物もらい也。とし若けれどもみづから婆等（うばら）といふ。十二月廿日より出（づ）る。下京は五日六日の比（ころ）も出る也。赤前垂に手拭かつぎ、いかき（竹製の籠）を手に持て、婆等いわひませうと幾人（いくたり）も一連（ひとつれ）に口々わめきて門〳〵をめぐる也」とある。

一一『人倫訓蒙図彙』に「都鄙にあり。都には十二月廿日より出る。節季にて候へば、くるとしの福と、又年の終まで何事なくをくりかさねしをいはふ心なるべし」とある。なお、鬼貫句「節季候や臼こかし来て間がぬける」（鬼貫句選344）の注参照。

る人に、間ぬけのしたるもかた腹いたき。

一煤払《すすはら》ひは人の顔みな埃《ほこり》におぼれて、誰とも更に見えわかねば、声をすがたに呼《よび》かはすもお《〔を〕》かし。又置所わすれて日比《ひごろ》たづぬれ共《ども》見えざりし物の、出《いで》なんどしたるは、我物ながら拾ひたる心地ぞする。

二餅突《もちつき》は家〳〵に其日をたがへず、けふはあすはと親しき人〴〵行《ゆき》かはして、とり〴〵賑《にぎは》ふ。中に老たる女の例しり顔に下知《げぢ》なんどしたる家は、三物こもりてみゆ。又お《〔を〕》さなき人の四柳が枝に餅むしりつけて花と見るよろこびこそ其むかし恋しくは侍れ。

一　十二月十三日説が一般的。例えば西鶴『世間胸算用』(元禄五年刊)巻一の四「芸鼠(げいねずみ)の文(ふみ)づかひ」には「毎年煤払は極月十三日に定めて」とある。

二　好古篇録『日本歳時記』の「十二月二十六、七日」の項に「此頃餻(もち)を製すべし。此日より前に立春の節に入らば、大寒の節の内に別に餻を作り、今日は年始に用るのみを製すべし」と見える。

三　浅薄でなく。

四　「餅花」のこと。道祐『日次紀事』に「児女小丸餅を枯条(かれえだ)に貼じて、之を玩ぶ。是を餅花と謂ふ」と見える。

七　年内立春

としの内にも春たつといへば、日影もを〔お〕のづから打のどめきて、口もほどけぬうぐひすのおろ〱鳴出《なきいづ》るぞ、折知顔《をりしりがほ》にてやさし。人みな[五]え〔ゑ〕方《はう》に棚打わたし、くれ初《そむ》れば新しきかはらけならべて、灯《ともしび》にぎやかにか丶げたて、目にさへ見えぬ[六]鬼にむかひて豆うつ人の[七]つこど声出せるにぞ、いづくかすみかなるらんとおぼゆ。又[八]老《おい》らくのひとつ〱かぞふる豆の、手にさへあまる齢《よはひ》こそめでたけれ。門《かど》には、[九]やくはらひといふもの丶、よぶかたに立《たち》よりて、例のことぶき一口にいひながして、又はしりまはる、心の内ぞせはしき。年も

五　歳徳神(としとくじん)を祭る恵方棚のこと。「恵方」は、その歳の縁起のよい方角。

六　『日本歳時記』の「十二月晦日」の項に「俗に随て今宵、儺豆(なまめ)をうつべし」「国俗、豆をうつに、鬼はそと福はうちととなふるなり」と見える。

七　「つかうどごゑ」の変化した語。つっけんどんな声。

八　道祐『日次紀事』に「合家(一家)各〻、熬(いり)大豆を食ふ。則ち己が歳の数を用ゆ。此の外(ほか)、人々、大豆を以て紀年の数に配し、孔方兄(こうほうけい。銭)数枚と、白紙を以て之を包み、自ら遍体を摩(さす)り、則ち是を街頭の疫払(やくはらひ)に授く。疫払、之を受け、高声に疫を逐ふ詞を唱て之を祝す」と見える。

九　「疫払」。右の注参照。

みなとに漕よする宝舟[一]には、誰も皆いね[二]つみたる眠りのうちこそたのしけれ。

八　大晦日《おほつごもり》

一とせもはやけふのみにくれよする日、世のわざしげき人すら爰《ここ》かしこはしりまどふさま、しれる人に行《ゆき》かふだに纔《わづか》に半面を笑らひて物さへいはず、心みな常の所にを《〔お〕》かざれば、むかふる人に行あたりてもてる物のそむけるをも弁《わきま》へずして、ひとつふたつ言あへるもあり。又かたはらにはいかにしてわが足踏《ふみ》てんやととがめ出《いで》たるより、こと葉広がり、手を《〔お〕》しまくり、いかりのゝしりなんどして、時のうつるをだにわするゝも

一　好古篇録『日本歳時記』の「十二月晦日」の項に「今夜船を画て褥(しとね)の下に藉(しく)事あり。(中略)船にたからを積て我家に入ん事をこひねがひ、夢になりともその事見まほしさに、俗人のかくはするなるべし」と見える。

二　寝ている。

三けうとし。家〳〵に松竹植ならべ、しめ縄《なは》とりつけて、四例のくさ〴〵かざりたるにぞ、事いそがしき中にもけしき立《だち》て春を〔お〕そげにみゆ。又むつまじきかぎりは、大《おほ》暮《ぐれ》のことぶき行《ゆき》かはし、あるは又五をけら求むる神の庭には、鈴ふる袖も実《げに》なまめかし。風のけしきも猶更過《なほさら》るに、六化口《あだくち》いひあへる八坂《やさか》の奥こそむかしおぼえて、そゞろにたう〔ふ〕とく侍れ。七手毎に火縄《ひなは》かひ〔い〕ふりて、いさみもて帰るは、あすの竈《かまど》を賑《にぎは》しそめんとならし。人の往来《ゆきき》もやゝ絶〴〵に、閨《ねや》のともし火に枕うちかたぶけて、春秋のあらましをおもひかへし、又逢《あふ》べきけふにもあらじ、とかぎりなく名残しらるゝ折節《をりふし》、明なば袖さゝんとかさね置《おき》たる衣のにほやかなるにぞ心もやが

三　理解できない。
四　一条兼良『世諺問答』(天文十三年跋)に「しだ、ゆづり葉は、深山にありて雪、露霜にもしほれぬ物なれば、しめ縄にかざりて同じくひき侍るにや」と見える。
五　白朮(おけら)祭。京八坂神社の神事。
六　西鶴『世間胸算用』巻四の一「闇の夜の悪口」に「都の祇園殿(八坂神社)に大年の夜けづりかけ(削掛)の神事とて諸人詣でける。神前のともし火くらふして大がひに人皃(ほか)の見えぬとき、参りの老若男女左右にたちわかれ悪口のさま〴〵云がちにそれは〳〵腹かゝへる事也」と見える。
七　道祐『日次紀事』に「参詣の諸人、亦其の火を携て家に帰り、元日の羹を煮る」とある。

て花にはなりける。

九　旅

門出《かどで》したらん日、行人《ゆく》、とゞまる人、ともに打いさみぬれど、見送り、見かへりなんどしたるは、[一]心にかなふいのちならばと相《あひ》おもふほどこそ[二]わりなけれ。住[三]なれし里の木立は行にまかせて梢《こずゑ》をかくし、[四]跡しら雲の八重にかさなりては、めなれし山も埋みぬれば、心へだつなとおもふばかりこそかなしけれ。春はもろ〔諸〕鳥の囀《さへづり》に物なつかしく、あるは遠山のしろく見ゆるをも、[五]雲か花かと心をつくし、夏は[六]郭公《ほととぎす》の一声に雲の行衛《ゆくへ》をしたひ、あるは木陰に立休《たちやす》らひては汗吹風《ふく》に袂《たもと》

一　『古今和歌集』巻第八「離別歌」中の白女（しろめ）の歌「命だに心にかなふものならばなにか別れのかなしからまし」に拠る。
二　やむをえまい。
三　菅原道真の「別」歌中の「君が住む宿のこずゑのゆく〳〵と隠るゝまでにかへりみしはや」（拾遺集）を意識しての表現。
四　『古今和歌集』巻第八「離別歌」中の紀貫之歌「白雲の八重にかさなるをちにても思はむ人に心へだつな」に拠る。
五　例えば貫之歌に「桜花咲きにけらしなあしひきの山の峡（かひ）より見ゆる白雲」（古今集）。長伯『初学和歌式』に「白雲かゝる高根をみては花かとたどり」。
六　例えば周防内侍歌「夜をかさね待ちかね山の郭公雲居のよそに一声ぞ聞く」（新古今集）。『初学和歌式』に「雲間の月にほのかなるねをしたひ」。

をなぐさめ、[七]清水ながるゝ道の辺《べ》には心をすゞしめて時をうつす。秋は又[八]名もしらぬ草ゝに花をむすびて、遠かりし野路《のぢ》沢辺《さはべ》をだにいつ行《ゆく》としもなくて過ぬ。あるは又夕日程なくかたぶく時は、やどるべきかたもおぼつかなくて、野にゐる人に打むかひて道の程たづねなんどしたるに、遠くいひなしたるはにくし。時雨《しぐれ》の比《ころ》は笠の雫《しづく》も定《さだめ》なくて、日影ながらに身打《うち》ぬるゝこそうき物なれ。雪はなを〔ほ〕つらくもふる物ながら、[九]木ゝの梢しろ妙《たへ》になりぬる時は、[一〇]吉野、初瀬のこしかたをおもひ出して、旅の心を慰みけらし。昼の程はまぎるゝ事もおほかりけれど、[一一]なじみなき枕に夜ゝの寝ざめをかぞへみれば、あるはきぬたの音、更行《ふけゆく》鐘、川の瀬の

七　『新古今和歌集』巻第三「夏」の西行歌「道のべに清水流るる柳陰しばしとてこそ立ちどまりつれ」に拠る。

八　宗祇『吾妻問答』に親当(ちかまさ)の句「名も知らぬ小草花咲川辺哉」が見え参考になる。

九　紀貫之歌「雪ふれば冬ごもりせる草も木も春に知られぬ花ぞ咲きける」(古今集)が参考となる。

一〇　吉野、初瀬とも奈良の桜の名所。「吉野」と「千本(ちもと)ノ桜」、「桜」と「初瀬」は付合語(類船集)。

一一　以下「枕」の言葉を契機として『枕草子』の「すさまじきもの」「にくきもの」等の段に倣い「寝ざめ」の原因となる諸事象を列挙している。

を《〔お〕》と、千鳥の声、海ちかきやどの礒打《うつ》浪の声、風の気《け》色《しき》も更《ふけ》て行鴈《かり》がね、雨しめやかなる軒の雫《しづく》、かたすみにて綿《わた》つむぐ音、上手に申《まうす》念《ね》仏《ぶつ》の音声《おんじやう》、さも侘《わび》しげなる犬の長吠《ぼえ》、はる〴〵来てはやどりかはらぬ空の星さへ影あはれにおぼえ、何につけても古郷の便のみ一おぼつかなくて、二人やりならぬ道をうらむ折ふし、三我国人のかへるにあひては文たのまんと筆とりたれど、またせて時うつすべくもあらねば、心の程あらましにも書《かき》とりがたくて、物にもなやまで爰《ここ》までは来ぬるとばかりかひ《〔い〕》したゝめて、やがて又わかれ行《ゆく》こそほいなけれ。四なを《〔ほ〕》行《ゆき》〳〵《ゆき》て五心あてなる国に入《いり》ては、きのふけふうゐ《〔ひ〕》〳〵しかりしも、人の心に鬼なければ、いつしか

一　待ち遠しくて。
二　紹巴『連歌至宝抄』の「人やりならぬ道ながら遥々と来ぬる事を悔み」に拠る。
三　『伊勢物語』第九段中の「修行者あひたり。かかる道はいかでかいまする、といふを見れば見し人なりけり。京にその人の御もとにとて文かきてつく」の一文が念頭にあろう。
四　『伊勢物語』第九段中の「なほゆきゆきて武蔵の国と下つ総の国とのなかにいと大きなる河あり」の一文を意識しての措辞。
五　目的としていた国。

なじみ付《つき》て、おもしろき事、お〔を〕かしき事にふれては、人なみに興を催すにも、古郷の事のみ心の底に有《あり》ければ、慰むわざもみじかく尽ぬ。又かへるさにを〔お〕もむきては、ひと日〳〵国のちかくなるにまかせてなを〔ほ〕[六]とけしなきに、道を〔お〕そき馬やとひたる程腹だゝしき物はあらじ。やう〳〵かへり着なんとしける日、我岡のべの木立なんど見え初《そむ》るこそうれしけれ。笠《かさ》破れ、杖《つゑ》みじかく、色さへ黒ふ〔う〕おも痩《やせ》、麻の小衣《さごろも》[七]うちしほ〔を〕れたるに、つま子出むかひてことぶきいひあへる中に、なみだぐみなんどしたるは、いつかはとおもひしだに、まち得たるうれしさ、あるはうからん旅のあらましなどを〔お〕しはかりての心ならめ。童僕《どうぼく》[八]よろこびむかへ、稚子《ちし》門に

六　心急(せ)くのに。

七　「狭衣」。着物。紹巴『連歌至宝抄』に「麻のさ衣もしほれはてたる様に仕りならはし候」とあるのに拠る。

八　『古文真宝』(後集)の陶淵明「帰去来辞」中の「僮僕歓迎、稚子候門」に拠る。

まつ、といひけん心の程は、国こそかはれ、しばしが内は夜ゝの寝覚も旅のこゝちにまどひぬるを、[一]窓、天《てん》井《じやう》より心づきては我宿なりとおぼゆる程にぞ有ける。又悔《くや》しかりしは日ごろしたひたる名どころだに或時は雨にさへられ、あるは日うちかたぶきて泊りをいそぎ、帰《かへる》さにはかならず立《たち》よらんとおもひて過ぬるをも、古郷のかたに打むきては一足をだに費しがたくて、又来《く》べき折もあらめと見残したりしも、終《つひ》に行《ゆく》べきよすがもなくてとしふりなんどしたる後の心こそ口惜けれ。

一〇　恋

心は[二]法界《ほふかい》にして、無量《むりやう》なる物ながら、一念まよふ所

一　陶淵明「帰去来辞」中の「南牖に倚りて以て寄傲し、膝を容るるの安んじ易きを審(つまびら)かにす」が、念頭にあろう。

二　万物の本体。

三　紹巴『連歌至宝抄』に「聞恋とはまだ見ぬ人を風の便に聞てより、起伏(おきふし)物思ひとなり、あらぬ便(たより)をたのみ、一筆をも伝へまほしく思ふ心也」と見える。

四　筆跡のこと。

五　「まぢかき」に掛る枕詞。例えば『古今和歌集』巻第十一「恋

は大河の水の纔《わづか》なる塵《ちり》によどむがごとし。されば、三まだみぬ人をも風の便《たより》に聞しより、などや忘れがたく思ひ、或《ある》は四筆のかたちを見てはやさしからん心をしたひ、あるは五芦垣《あしがき》のまぢかきあたりに休らふ折ふし、きよらかなる六物ごしを聞ては、水などこひよりてすがた見むよすがを求め、あるは又七道行《みちゆき》ぶりに八しとみ格子のうちより顔さし出したるを見ては、ほとりの家に立《たち》よりて商《あきな》ふ物の価《あたひ》なんど尋て、よそながらかの家の名をとひて過るもあり。あるは花見る比《ころ》ほひ、あるは又神に、仏に詣《まうで》めく日、色よき女の出立《いでたち》たる中に、九かりそめにおもひかけては添《そひ》よるべき便もがなと思ふ折ふし、俄《にはか》なる村雨《むらさめ》なんどしければ、傘のやどりをもてより、あ

歌一」に「人知れぬ思ひやなぞと葦垣のまぢかけれども逢ふよしのなき」(読人しらず)。

六　物を隔てて聞える声。

七　「道行ぶりに」は、道の途次で、の意。以下、紹巴『連歌至宝抄』に「見る恋は、思はざるに道の辺(ほとり)にて輿(こし)の簾(すだれ)の隙より見初(みそめ)、又さる家の簾(しとみ)、几帳の蔭より仇(ほのか)に見、其俤忘れずして、如何なるたよりも哉と思ふ心なり」と見える記述に該当する。

八　蔀(しとみ)を下ろした状態の格子。建具。風雨を防ぐ。清少納言『枕草子』(春曙抄本)に「しきの御ざうしは、しとみをぞみかうしにまゐりわたしまどひしほどに」とあるのが参考になる。北村季吟は「格子のうへにしとみをおろしたる也」と注している(『枕草子春曙抄』)。

九　偶然。たまさか。

るは又[一]火縄《ひなは》だつ物さし出してうつしもらひ、或《ある》は近きかたの道をしへなんどしたるも、こゝろづくしのはしなりけらし。それが中にうしろすがた人にすぐれたるを見て、爰《ここ》かしこつきまとひたるに、行《ゆき》ぬけてたちむかひたれば、すがたには似つかぬ顔に興さまして立《たち》のきたるもおか〔を〕し。あるは又いはぬおもひにこがるゝ身の、人なみに交《まじは》りなして、折《をり》まつ程の久しきにも、何かに詞《ことば》うつりてわれおもふとはしり顔なるもうれし。又片陰にて紙の皺《しわ》〔お〕をしのばして、しのびやかによみなんどしたる風情《ふぜい》は、まるめて捨置《すておき》たる文《ふみ》のおぼえもうれし。あるは心にあまるおもひにふしては、仏たのみ、神に申て打祈るさま、人にむかひては中〳〵えもいは

一　火縄のような物。煙草の火の貸借を言っている。

れぬまでを物いはせ給はねばとて、心の底うちあかしたるもを〔お〕ろかにてお〔を〕かし。又人しれぬ通《かよ》ひ路《ぢ》には犬さへあやしめて、宵《よひ》〱《よひ》毎《ごと》に胸さは〔わ〕がしく二打もころしつべし、といひけむ何がしが文もおもひあたれど、喰《くら》ふ物こかしやりて、尾をふるまでに飼つけなし、あるは三けにくき関守に物あたへなんどしたる心づかひこそいそがしけれ。誰とはしらぬ人の、例の時をもたがへずや四竹吹《ふき》てとを〔ほ〕りたるは、今宵《こよひ》もまたあくがれ来《き》ぬるとしらせ顔なるしのび音《ね》ならん。五鴫《しぎ》の羽《はね》がきとよみけんにもおもひたぐへてやさし。星のあゆみもはるかにかたぶき、空吹《ふく》風も音さびわたりて、籬《まがき》のほとりに立休《たちやす》らふ程、よその鼾《いびき》も聞ゆる比《ころ》ほひ、ねやふかくしのび

二　『枕草子』(春曙抄本)に「しのびてくる人見しりてほゆる犬は、うちもころしつべし」とある。
三　煙たい存在の。
四　笛。尺八。
五　『古今和歌集』巻第十五「恋歌五」の「暁の鴫の羽がき百(もも)羽がき君が来ぬ夜は我ぞ数かく」(読人知らず)の歌を指す。深草四位少将の百夜通(ももよがよい)の挿話も意識されていよう。

やかに、きぬのを〔お〕となひしければ、それぞと心もそゞろなるに、いかに久しく待ぬるやと袂引《たもとひき》ゆく手も打ふるひ、[一]ねりの村戸をさぐり〳〵て身を横ざまにひそめ入《いれ》ては、音せぬまでに跡さしよせ、物さへいはでため息したるも、心あまりてうれし。[二]寝てこそとけめと枕打かたぶけしに、灯《あかり》遠く置《おき》たれば、顔ばせのほのかに見えて、さしむかひながら床《ゆか》しき心ちぞする。とし月つれなかりつるこゝろづくしなどうらみまじへてかたりたれば、いつはりおほき人の数にやあらんと思へど、いつの文より心ひかれてとばかり顔うちあかめたるも、こと葉おほきにはまさりておぼゆ。恥《はぢ》らふさまもなどやうちとけ顔に見ゆれば、[三]心にもたぬ人のうはさなん

一　警固のしっかりした多くの戸、の意か。「練りのむらど」なる言葉は『万葉集』巻第四に大伴家持歌「言問はぬ木すらあぢさゐ諸弟(もろと)らが練(ね)りのむらどに詐(あざむ)かれけり」が見える。

二　紹巴『連歌至宝抄』の「逢恋」の項に「いよ〳〵心も打解くまゝに私語(さゝめごと)あさからぬ情思ひやるべし」と見えるのが、以下の記述の理解の参考になる。

三　思ってもいない人。

どいひたはぶれたるに、息みじかくかよへど、上にも見せず腹たて初《そむ》るよそひこそうれしけれ。あるは又ちかきあたりなる女をこひて文かよはしけるに、いつの夕《ゆふべ》かならず、と聞えしより、指の数さへ心ひとつにくれかねて空打ながむる折節《をりふし》は、雨くだすなとたのみをかけ、あふ夜まつ心の程は四人こそしらね、やゝその夕になりては入相《いりあひ》の鐘につねのあはれもなくていさましく、ふたつみつ螢とびかふ宵闇《よひやみ》には、つたひ来《こ》ん君がもすそのあかりせよなど五あらぬ事のみ思ひあつめて、まつ心こそたのしけれ。六千世《ちよ》をひと夜とかはす枕は、まだ宵《よひ》ながらこと葉のこりてあけぼのいそぐ鳥、鐘の声におどろかされて、又いつかはといひし名残もむせ

四　以下、二条院讃岐歌「我袖は潮干に見えぬをきの石の人こそ知らねかはく間ぞなき」(千載集)を意識しつつの卑俗化。ゆえに「まつ心こそたのしけれ」と結ばれる。

五　たわいないこと。どうにもならないこと。

六　紹巴『連歌至宝抄』の「別恋」の項に「秋の夜の千夜を一夜になして寝るともあくまじきよしを云ひ語り、鳥の声、鐘の音の明ぼのを急ぐ事を恨み、今宵別て又何時(つい)あひ見ん事もおぼつかなく」と見える。『伊勢物語』第二十二段に「秋の夜の千夜を一夜になずらへて八千夜し寝ばやあく時のあらむ」「秋の夜の千代を一夜になせりともことば残りてとりや鳴きなむ」。

るばかりに起わかれては、沓《くつ》にしかるゝ草引おこし、そむける籬《まがき》をつくろひなして、ゆく影うしなふ窓の内には、髪の香残る枕ひとつこそかた見なれ。[一]又寝《またね》の夢の覚る朝は、何につけても[二]心そまねば、野に出《いで》ては山うちながめ、川のほとりにかひ《〔い〕》つくばうては水の行衛《ゆくへ》も物なつかしく、[三]そゞろめきたる風情《ふぜい》ながれにうつりて、我影ながら[四]すごく見ゆるも[五]浅まし。あるは又ちぎり深かりし中だによそに心のうつりなんどしたるは、舟、車にもつまれぬばかり腹だゝしきにも、おもひつくせし事のみかぞへて、こゝろひとつのむかし恋しき我ねやのうちこそ侘《わび》しけれ。

一　きぬぎぬの別れの後で再び眠りにつくこと。
二　気に入らないので。
三　心ここにあらず、といった様子。
四　ものさびしく。
五　驚くほどだ。
六　『古今和歌集』の仮名序に「この歌、天地のひらけ初まりける時よりいできにけり」と見える。
七　二月二十五日の「菅神正当忌日」のことか。道祐『日次紀事』に「菜種の御供(ご)と号す。供物の上、黄菜花を挿す。故に爾(し)か云ふ。或は歳に依て菜花未だ開かざるときは、則ち梅花を挿す」と見える。「かざす」はここでは供物の上に挿すこと。あるいは『万葉集』巻第五の大宰帥(そち)大伴

一一　祝

それやまと哥《うた》は[六]天地《あめつち》ひらけ初《そめ》しより、地の花の天にはじまり、天の月の地にすめる、天地和合の大道、たゞちに詞《ことば》となりて神を貴み、君をあがめ、世を治め、身をお〔を〕さむる道とはなりけらし。春は先《まづ》[七]梅かざすより、[八]桃の雫《しづく》の盃《さかづき》にしたゝり、[九]あやめふく軒にはのぼり、甲《かぶと》なんどを立《たて》ならべてよこしまの気をしりぞけ、[一〇]菊の白露は淵《ふち》となるらんいく世のすゑまでをいひことぶき、[一一]一陽《いちやう》来りかへる比《ころ》にはお〔を〕さなき人の髪を置そめ、袴着初《はかまぎぞめ》なんどして、神に詣《けい》せんとて出《いで》たちたるを、老たる人の杖《つゑ》に肱《ひぢ》かけて見送りゐたる心の内こそたのも

旅人宅での天平二年正月十三日の「梅花の宴」の筑後守葛井（ふぢゐ）大夫の「梅の花今盛りなり思ふどちかざしにしてな今盛りなり」などが念頭にあっての文言か。不詳。

八　好古篇録『日本歳時記』に「三日、桃花を取て酒にひたし、これをのめば病を除き、顔色をうるほすとなん。桃花を酒に浸さば、ひとへなる花を用べし」と見える。

九　『日本歳時記』の五月四日の条に「国俗、今日艾（よもぎ）、菖蒲（あやめ）を屋ののきに挟む」と見える。

一〇　『拾遺和歌集』中の清原元輔歌「我が宿の菊の白露今日ごとに幾世積もりて淵となる覧（らん）」に拠る。九月九日の重陽の節句。

一一　一陽来復。十一月。『日次紀事』の十一月の条に「院中、此の月吉日を涓（えら）ばれ、三歳の諸王子御髪（みぐし）上げ、御色直し、五歳の宮方御深曾義（ふかそぎ）、著袴（ちやくこ）」と見える。

しけれ。[一]四海浪《なみ》しづかにして橋わたさぬ道もなければ、往来《ゆきき》に足をだにぬらさず。かくおほん恵みふかく治る国のためしには、民ぐさ打うるほひて、俳諧の連《つら》ね哥《うた》をつらね、なを《〔ほ〕》万歳をうたひて、人皆靏《つる》亀の齢《よはひ》をしたふ。かゝる御代こそあふぐべけれ。

一二　鬼貫の跋

右二《に》帖者《でふは》、年比《ごろ》思ひ寄《より》たる事ども、寝覚〳〵にかいつけ置《おき》侍りしを、あながちに乞《こふ》によて[二]千及《せんきふ》、[三]市貢《しこう》にあたふる者也。

鬼貫

一　謡曲「高砂」に「四海波静かにて、国も治まる時つ風(中略)君の恵ぞ有難き」と見える。

二　鬼貫門。田路氏。備前の人。伊丹に移住。晩年、大坂住。生没年未詳。『在岡俳諧逸士伝』に載る。

三　鬼貫門。吹山氏(次山氏とも)。京の人。洛東鷲ヶ峯に住し、巨璞堂と号す。寛保三年(一七四三)没、享年五十三。

一三　巨妙子の跋

跋　末色口業

古曰詩経変《ジテ》為《リ》二楚辞《ト》一楚辞変《ジテ》為《ル》二唐律《ト》一也。我国《ノ》和歌《ニ》有《リ》二長歌短歌旋頭歌泊連《ビ》歌誹諧一也。乃随《フ》二世変《ニ》一也。如《キ》二誹諧《ノ》一自二本歌一若《シ》論《ズルトキハ》レ之《ヲ》則野《ナリ》也。然《レドモ》其《ノ》実《ハ》不レ野《ナラ》也。今鬼貫誹諧非《ハズ》二野語《ニ》一乃実語《ナリ》也。淵明詩《ニ》有《ルトキハ》二達磨骨《ノ》髄一則誹諧亦《モ》入《ルトキハ》二其《ノ》妙処《ニ》一則盖《シ》到《ンモ》二古人和歌《ノ》佳境《ニ》一其《レ》可《ンカ》レ得乎。余閲《ルニ》二鬼貫独言集《ヲ》一其《ノ》詞絶妙《ニシテ》而有《リ》レ味焉。我以謂《ク》連歌《ハ》宗秖〔祇〕宗長得レ妙《ヲ》誹諧《ハ》鬼貫独得《ルモノ》二妙言《ヲ》一者《カ》乎。勉旃。

享保戊戌仏誕生日

紫野巨妙子書于清源南軒

巨妙子

蓮童

〔古《いにしへ》曰く、一詩経変じて二楚辞《そじ》となり、楚辞変じて三唐《たう》律《りつ》となる。我が国の和歌に、長歌、短歌、旋頭歌、泊《およ》び連歌、誹諧有り。乃《すなは》ち、世変に随《したが》ふ。誹諧の如き、本歌より若《も》し之《これ》を論ずるときは、則《すなは》ち四野なり。然《しか》れども其《そ》の実は野ならず。今、鬼貫《おにつら》、誹諧は五野語《やご》に非《あら》ず、乃《すなは》ち六実語なり。七淵明詩《えんめいのし》に八達磨の骨髄有るときは、則《すなは》ち誹諧も亦《また》其の妙処に入るときは、則《すなは》ち盖《けだ》

一　中国で最も古い詩集。孔子の編纂といわれている。
二　『詩経』と並称される古代中国の南方楚地方の詩集。漢の劉向の編とされる。
三　唐の律詩。八句から成り、第三、第四句、第五、第六句が対句をなしている。五言と七言の二種。
四　卑俗。
五　俗語。卑俗な言葉。俳言に重点を置いてのもの。
六　真実の語。鬼貫が『独ごと』の中で展開している「まこと」論が念頭にあっての語。
七　中国の東晋、南朝宋の詩人。六朝詩人の雄。代表作に「帰去来辞」。
八　中国禅宗の開祖。インドに生れ、中国に渡った。諡号（しごう）、円覚大師、達磨太師。九年間の面壁座禅の挿話が有名。門下に慧可（えか）。

し古人和歌の佳境に到らんも、其れ得《う》可《べから》んか。余、鬼貫の独言集を閲《み》るに、其の詞絶妙にして、味有り。我以謂《おもへら》く、連歌は宗祇《そうぎ》、宗長《そうちやう》妙を得《え》、誹諧は鬼貫独り妙言を得《う》るものか。九勉旃《べんせん》。

一〇享保戊戌《ぼじゆつ》仏誕生日

紫野《むらさきの》一一巨妙子《きよめうし》清源南軒《せいげんなんけん》に書す。」

享保三季戊戌中炑良辰

洛陽寺町通五条上ル町

書林　新井弥兵衛蔵版

九　よく勉励せよ。

一〇　享保三年(一七一八)。

一一　義統。京の人。享保十五年(一七三〇)没、享年七十四。号は、巨妙子の他、大心、蓮華童子等。宝永三年(一七〇六)、京紫野の大徳寺二七三世。

補　注

1　『仏兄七くるま』より（六五頁脚注283）

北条団水がもとより愚者といふ題をこして発句乞《こひ》ける程に道にたしかなる人は、しらぬをしらざるとす。慥《たしか》ならざるは知顔《しりがほ》なるをよしとす。此故に下手なうして、しかも下手多し。達人の誹諧はみづから述て自ラ心をよろこばしむ。かのしり顔の人はみづから述て人に及ぼし、よしといへば悦び、悪しといへばくるしむ。是おのれが盲《くら》ければ也。其くらき事をおのれはよく知て人に隠す。達人は是を見れども顕はさず。あらはさねばしらざるとおもふのたぐひ多し。それ変化を知て人に先ンずるあり。盲《くら》き者是をにくむ。たとへば剛強《がうきやう》のものにつれ立て柔弱の者の道を歩むに、腹を立るにひとし。抑《そもそも》貞徳、立圃、重頼三老の風姿世に流布するの後、梅翁出て是を変化す。其時古風をはなれざるの輩嘲哢《てうろう》して放狂の躰《てい》といへるを、ふるしといひて笑ふ人すら、今の変化をにくむは、其ふるしとさしたる輩の類に覚えずして今おのれが心のなりたる事をしれ。

2　「禁足旅記」旅程距離一覧（八一頁注一）

＊一里は三十六町、約四キロメートル。

伏見↔大津	四里八町	九月二十一日
大津↔草津	三里半六町	——
草津↔石部	一里半七町	九月二十二日
石部↔水口	三里十二町	——
水口↔土山	二里半十一町	——
土山↔鈴鹿の坂の下	二里半	九月二十三日
鈴鹿の坂の下↔関	一里半	——
関↔石薬師	四里九町	——
石薬師↔四日市	二里二十七町	——
四日市↔桑名	三里八町	九月二十四日
桑名↔宮（熱田）	七里（舟渡口）	——
宮（熱田）↔鳴海	一里半	九月二十五日
鳴海↔池鯉鮒	二里三十町	——
池鯉鮒↔岡崎（矢作）	三里三十町	——
岡崎（矢作）↔赤坂	三里二十七町	——
赤坂↔御油	十六町	九月二十六日

御油↔吉田	二里半四町	
吉田↔二川	一里半	
二川↔白須賀	一里半二十六町	
白須賀↔荒井	一里二十六町	
荒井↔前坂	一里(舟)	
前坂↔浜松	二里三十町	
浜松↔袋井	五里二十六町	九月二十七日
袋井↔掛川	二里十六町	
掛川↔日坂	一里二十九町	
日坂↔金谷	一里二十九町	九月二十八日
金谷↔嶋田	一里	
嶋田↔丸子	六里二町	
丸子↔府中	一里半	九月二十九日
府中↔江尻	二里二十七町	
江尻↔興津	一里三町	
興津↔由井	二里十二町	
由井↔蒲原	一里	
蒲原↔吉原	二里三十町	
吉原↔三嶋	六里六町	九月三十日

三嶋⟷箱根	三里二十八町	――
箱根⟷小田原	四里八町	十月一日
小田原⟷大磯	四里	――
大磯⟷藤沢	四里八町	――
藤沢⟷神奈川	五里十二町	十月二日
神奈川⟷品川	五里	――
品川⟷日本橋	二里	――

（松井嘉久『東海道ちさとの友』享保十三年刊による）

3 『雲錦随筆』より（八五頁注六）

南海四国遍礼の中《うち》、阿波国海部郡比和佐村薬王寺より土佐国安芸郡の国境《くにざかひ》に至る、行程十里、此間に八坂、坂中、八浜等の名あり、山谷岩窟古跡多し。此八坂に行基庵といふあり、此本尊に行基僧正の像を安置す、其影行基旅装にて左の手に数珠を持、右の手に鯖一尾を携へて立給ふ、異容《ことよう》なる像也。是は往昔《いにしへ》行基此地を遍歴の折から、塩鯖を多く馬に附て市に出す者に行合《ゆきあは》れけるに、行基の云《いはく》其鯖一尾われに得させよと乞給ひしに、鯖の主《ぬし》さらに聞入ず、却て大に嘲り罵りて行過けるゆへ、行基是非なく別れ給ふ時から、「大坂や八坂坂中鯖ひとつ行基にくれで馬のはら病《やむ》」斯《かく》よみて紙のはしに認《したた》め渡し給ひて行過ぎ給ふ、然るに忽《たちま》ち馬煩ひて苦しみ一足《ひとあし》も行ず鯖主大ひに驚き偖《さて》は今の旅僧は凡人《ただひと》にてはあるべからず急ぎて先の無礼をわび其祟《たた》りを免るべしと僧正の跡をしたひ漸《やうやう》に追付、前の踈忽《そこつ》を数《しばしば》わびて鯖を献じ、其科《とが》を免《ゆる》されんことを願ふに行基僧正取あへず、「大坂や八坂坂中鯖ひとつ行基にくれて馬のはら止《やむ》」と三句目のでの濁《にごり》をとりて、てと転じ落句《らくく》の病を止と書かへて与へ給ひしかば、直ちに馬の病平愈せしとぞ。

4　『犬居士』より（八九頁注五）

「禁足旅記」の初出俳書である元禄三年（一六九〇）十月刊、鬼貫著『犬居士《いぬこじ》』には、左の二十韻の俳諧が記されている。

独　吟　伊丹風

楽〳〵と姥が屋根ふくや今年藁
秋の野原に伏《ふせ》る馬かた
四つ過は月のおでやる夜さりにて
後架《コウカ》へくるをおびやかしけり
ゥ親仁とはしらで面目なかりつる
なぶられ初《そめ》てなるゝ大名

胎《はら》むより石の鳥井〔居〕に先《まづ》なりぬ
もしの地震《ぢしん》に家をあらけて
金もちが月を見尽し花に飽キ
彼岸すぐればまた起る欲
名傾城の去年《こぞ》の坊主に文やりて
わかれし紙や捨ず嗅《かぐ》らん
いひ事ならわごれの癖《クセ》はれども也
山家《やまが》のかたにおほきうは髭
熊の胃を年貢にあぐる秋の月
霜に赤らむ渋柿の比《ころ》
ウべゝ着《キ》るを綾羽まつりの花にして
久代《クシロ》の与兵ヱすまふ数寄《ずき》なり
大水に木を拾ふとて死《しに》にけり
しらぬ噺しをしてすぐる旅

5　『十二段草子』十段冒頭部（九五頁注六）

浄瑠璃御前は岩木をむすばぬおん身なれば、肌の帯の一むすび、解けぬほどこそさびしけれ、鹿島の神のちかひにて、結び初めさせたまひける、渚の氷うちとけて、羅綾《らりよう》の袂《たもと》をひきかさね、神ならばむすぶ神、仏ならば愛染明王。木とならば連理の枝、鳥とならば比翼の鳥よりもなほ深くぞ契らせたまひける。御曹司も、今宵千夜《ちよ》を一夜《ひとよ》、百夜《ももよ》を一夜に譬へても、長かれかしとぞ思しける、天《あま》の岩戸を引きたて丶、この世は闇にもならばなれ、この儘《まま》あれとぞ思しめす。

6　『無名抄』より（一七九頁注六）

雨の降りける日、或《ある》人の許に思ふどちさし集まりて、古き事など語り出たりけるついでに、ますほの薄《すすき》と云はいかなる薄ぞ、といひしろふ程に、或《ある》老人の云《いはく》、渡辺《わたのべ》といふ所にこそ、此事知たる聖《ひじり》はありと聞侍しか、とを〔お〕ろ〳〵いひ出たりけるを、登蓮《とうれん》法師其中に有て、此事を聞て言葉少《ずく》なに成て、又問ふこともなく、主《あるじ》に、蓑笠《みのかさ》暫《しば》し貸したべ、といひければ、怪《あや》しと思ひながら取出でたりけるに、物語をも聞さして、蓑うち着、藁沓《わらぐつ》さし履きて急ぎ出けるを、人々怪しがりて其故を問ふに、渡辺にまかる也。年比《ごろ》いぶかしく思ひ給へしことを知れる人有と聞て、いかでか尋《たづ》ねにまからざらん、といふ。驚きながら、さるにても雨やみて出給へ、と諫《いさ》めけれど、いではかなき事をもの給ふ哉。命は我も人も、雨の晴間《ま》などを待べきものかは。何事も今静かに、とばかりいひ捨て丶いにけり。いみじかりける数寄者《すきもの》なり。

7 『常山紀談』より（一八九頁注八）

太田《おほた》左衛門《の》大夫持資《もちすけ》は上杉宣政《うへすぎのりまさ》の長臣なり。（中略）宣政下総の庁南に軍《いくさ》を出す時、山涯《やまぎは》の海辺を通るに、山上より弩《おほゆみ》を射懸《いか》けられんや又潮満《しほみ》ちたらんや計《はか》り難し、とて危《あやぶ》みける。折ふし夜半の事なり。持資、いざ我見来らんとて馬を馳出《はせいだ》し、軈《やが》て帰りて、潮は干《ひ》たりといふ。如何にして知りたるや、と問ふに、

遠《とほ》くなり近くなるみの浜千鳥鳴く音《ね》に潮の満干《みちひ》をぞ知る

と詠る歌あり。千鳥の声遠く聞《きこ》えつ、と言ひけり。

＊「遠くなり」の歌の作者は、僧暁月。

解　説

復本一郎

本書は、明和六年(一七六九)刊、炭太祇《たんたいぎ》考訂『鬼貫句選』と、享保三年(一七一八)刊、上嶋鬼貫《うえしまおにつら》著『独《ひとり》ごと』の二冊によって、芭蕉と同時代の俳人である鬼貫の文芸世界の全体を把握しようとするものである。すなわち、『鬼貫句選』の上巻によって鬼貫の代表的な発句(俳句)三五七句が、下巻によって鬼貫の紀行文「禁足旅記《きんそくのたびのき》」が味読し得《う》る。また『独ごと』の上巻によって鬼貫の俳諧観(俳論)を確認し得るし、下巻によって鬼貫の随筆の魅力が享受し得るというわけである。残るは、俳諧の連歌(連句)であるが、鬼貫俳諧の精髄ともいうべき独吟一巻二十句を補注4に掲出してあるので、その一端を概観していただけるかと思う。以上、鬼貫が残した発句、紀行文、俳論、随筆、連句の諸分野の中で、特に注目いただきたいのが、芭蕉の『おくのほそ道』よりもはやく、元禄三年(一六九〇)に公刊されている紀行文「禁足旅記」であるが、この紀行文の面白さについては後述することとして、まずは、東の芭蕉に対して、西の鬼貫とまで言われた鬼貫の人となりの概略を述べておきたい。

鬼貫は、万治四年(一六六一)四月四日、清酒「三文字《さんもんじ》」の醸造元「油屋《あぶらや》」の一族である上嶋宗春《うえしまむねはる》の三男として、摂津国河辺郡伊丹《いたみ》郷(今の伊丹市)に生まれている。上嶋家の遠祖は武士で、和泉三郎藤原忠衡《ただひら》。さらに遡ると藤原秀郷《ひでさと》(俵藤太)にまで辿り着く。鬼貫の、仕官にこだわり、武士の一分《いちぶん》を立てんとする終生の生き方は、このような血筋と無関係ではあるまい。そのことが如実に窺われるのが、自伝である『藤原宗邇伝《むねちか》』(伊丹市史編纂室編『伊丹史話』伊丹市役所、昭和四十七年十二月刊、他所収)である。従来、鬼貫の折に触れての仕官は、大久保道古《どうこ》より学んだ医術「導引」によるものとされていたが(例えば、石原保秀稿「大久保道古及鬼貫導引に就て」・昭和十三年八月発行「漢方と漢薬」第五巻第八号、小林丹城稿「鬼貫は堂々たる医官なり」・昭和十三年八月発行「上方」九十二号等)、『藤原宗邇伝』が公にされて以降は、「御勝手方御用」として、諸藩の財政立て直しの任に当ったとする説が有力となった(例えば、林基稿「『藤原宗邇伝』小考」・昭和五十一年三月発行「地域研究いたみ」第五号等)。

鬼貫は、童名竹松、長じて利左衛門宗邇《むねちか》。享保九年(一七二四)六月十一日、秀栄《ひでのり》と改めている(『藤原宗邇伝』)。通称は、与惣兵衛《よそべい》。鬼貫なる俳号は、延宝六年(一六七八)刊、宗旦編の俳書『当流籠抜《かごぬけ》』が初見（発句「豆の番今宵の月に棒つく事」が「上嶋氏鬼貫」の作）であり、生涯これを用いている。鬼貫の小祥忌（一周忌）にと編まれた（実際には、三周忌の折に出版された）、元文五年（一七四〇）刊、梅門編『月の月』の中で、室風なる俳人が「貫之は和歌にすとんと、鬼貫は誹諧にすとんと」と述べているところからも窺われるように、鬼貫なる俳号は、平安時代中期の歌人、『古今和歌集』の撰者の一人紀貫之《きのつらゆき》を念頭においてのものであろう。「すとん」は、大悟を示す語と見てよいと思われる。貫之は和歌を大悟し、鬼貫は誹諧（俳諧）を大悟したというのである。和歌の貫之に対して、俳諧の分野における貫之ということでの鬼貫号である。「鬼」によって俳諧性を表出してのものであろう。同じ『月の月』の中で伊丹の俳人桃足は「鬼拉《きらつ》は鬼貫が体《てい》」とも述べている。これについては、鬼貫の超祥忌（七周忌）追善集、延享元年（一七四四）刊、李原編『誹諧むなくるま』の跋文において、桃貫が「句意強ク、鬼挫〔拉〕体、己が名にも寄《よせ》けん」と記していることから、「鬼」に「和歌十体」の一つである「鬼拉体《きらってい》」（拉鬼体とも）が含意されていると見てもよいであろう。「鬼拉」は、鬼を拉《ひし》ぐとの意味であり、「鬼拉体」とは、強い俳風のことである。享保八年（一七二三）成立、森本百丸《ひゃくまる》著『在岡俳諧逸士伝』の跋文において上嶋青人《あおんど》（鬼貫の従兄）が「或人、伊丹はいかい嵯峨竹の子、といひしは、ふとくたくましき体なるべし。誠に此道《この》の一流なりと興じき」と記しているところとも一脈相通じる。天保九年（一八三八）刊、生川春明《なるかわはるあきら》著『誹家大系図』の鬼貫の項に「維舟門弟ニシテ、宗因ガ檀林ヲ吟ジ、一風ヲ起シテ世ニ鳴ル。伊丹風ト云」と記されているところの「伊丹風」にも繋がるものであろう（「伊丹風」については、拙著『本質論としての近世俳論の研究』風間書房、昭和六十二年四月刊、所収の「伊丹風試論」に詳説した）。鬼貫号の他には、自春庵《じしようあん》、点也《てんや》、囉々哩《ららり》、犬居士《いぬこじ》、馬楽童《ばらくどう》、槿花翁《きんかおう》、金花翁《きんかおう》等。

　俳人鬼貫の資質を最初に高く評価したのは、談林（檀林）俳諧の総帥梅翁西山宗因。鬼貫の自伝的句稿の一つ『続七車《ぞくななくるま》』（元文二年序）に見える、延宝八年（一六八〇）、宗因が伊丹を訪れた折の挿話に、それが窺える。「よべ、いねかねて、物淋しき折ふし、机の上に有《あり》ける、この比《ごろ》御身の作れる俳〔誹〕道恵能録を見けるに、そなたは、行《ゆく》〳〵《ゆく》天下に名を知《しら》れん人ぞ」とある。この時、宗因は七十六歳、鬼貫は二十歳である。斯道の大先達である宗因から、このように言われた鬼貫の感激、いかばかりであったろうか。七十七歳になった鬼貫が、このように書き留めた気持は、十分に忖度し得るのである。『誹道恵能録』は、逸書。この宗因の予見通り、鬼貫は、貞享二年（一六八五）、「いにしへよりの俳諧はみな詞たくみにし一句のすがたおほくはせちにして、或は色品《しな》をかざるのみにて心浅し。つら〳〵よき哥《うた》といふをおもふに、詞に巧みもなく、姿に色品をもかざらず、只さら〳〵とよみながして、しかも其《その》心深し」ということに想到し、「まことの外《ほか》に俳諧なし」と開悟したのであった(『独ごと』)。この鬼貫開悟の時期については、異論もあるが、信じていいように思う。前年の貞享元年刊、鬼貫、青人、猿風《えんぷう》著の俳諧撰集『かやうに候ものハ青人猿風鬼貫にて候』の青人の序の中に「言葉に色品をかざり、句作に白《おし》粉《ろい》をぬり一風となし、暫《しばらく》よのこゝろをとるもあれど、行水させて見ればもとの悪女にひとし。たゞ願くはこゝろを心のごとくせん人ぞゆかし」との文言が見えるからである。これは、青人の発言ではあるが、先の『独ごと』中の鬼貫の見解と酷似していること、一目瞭然であろう。伊丹の鬼貫周辺には、当時、すでに、このような考えが瀰漫《びまん》していたということである。鬼貫が「まことの外《ほか》に俳諧なし」と開悟する環境は、整っていたと見るべきであろう。この考えが実作の上で実行されたのが、元禄三年(一六九〇)五月刊、鬼貫編著『大悟《たいご》物狂《ものぐるい》』においてであった、ということである。それゆえ、五ヶ月後の同年十月刊の鬼貫著『犬居士《いぬこじ》』所収の「禁足之旅記」においては、堂々と「伊丹風」を鼓吹しているのである。

鬼貫の交流関係の顔触れ、すこぶる多彩である。先に触れたように、師系に当る人々に松江維舟《いしゅう》(重頼)、池田宗旦、西山宗因がいる。北村季吟にも批点を受けている。一風かわったところで、医師大久保道古を加えておいていいであろう。同年齢ながら、多くの歌学の知識を学んだと思われる人物に、有賀長伯《あるがちょうはく》がいる。大徳寺二七三世大心義統(巨妙子)との交流からは、禅を中心に大きな影響を受けているであろう。時代を代表する文学者である井原西鶴とも交流があった。元禄俳壇を代表する小西来山《らいざん》、椎本才麿とは親交を重ねている。俳人評判記『花見車』の作者轍士《てつし》(室賀氏か)とも接触があった。芭蕉周辺にいた水間沾徳《みずませんとく》とも接点がある。沾徳門の義士俳人の一人大高子葉《しよう》(源五)の訪問も受けている。蕉門では、各務支考《かがみしこう》、広瀬惟然《いぜん》、斎部路通《いんべろつう》、斯波園女《しばそのめ》、之道《しどう》(槐本《えのもと》氏か)、榎並舎羅等の人々を挙げることができる。『おくのほそ道』の浄書者として知られている柏木素龍《そりょう》とは、芭蕉と素龍との交流がはじまる前からの知友であった。その芭蕉との関係であるが、先に触れた鬼貫七周忌追善集『誹諧むなくるま』が、鬼貫の「面白さ急には見えぬ薄哉《すすきかな》」にかかわって、鬼貫自身の言「芭蕉、予(筆者注・鬼貫)が此《この》句を聞て新古の眼をひらきし」を伝えている。が、芭蕉と鬼貫との直接の接点はなかったようである。鬼貫は、芭蕉より十七歳年少。鬼貫は、この挿話を含めて、自身が執筆した著作において芭蕉についてしばしば熱心に語っているが、芭蕉の側から鬼貫について語られることは、ついに一度もなかった。

本書の巻末に付した「略年譜」に目を通していただければ明らかなように、逸書『誹道恵能録』から『独ごと』に至るまで、数々の著作を公刊し、旺盛な俳諧活動を展開した鬼貫であったが、元文三年(一七三八)八月二日に没している。享年七十八。法名、仙林即翁居士。大坂の鳳林寺に葬られている。墓石には「僊林即翁居士之墓」と刻まれている。上嶋家の菩提寺である伊丹の墨染寺には、夭折した長男永太郎(青岳利陽童子)と合葬の墓もある。

ということで、いよいよ本書に収録した『鬼貫句選』と『独ごと』についてである。まずは、『鬼貫句選』より見ていく。本書成立の経緯については、考訂者不夜庵太祇の序に明らかである。太祇が、その序文で「七車といふ家の集は世にあらはれねばよしなしや、あはれそれをもつたえて、あまねく鬼つらのおにたる無礙自在を見もし、学びもせば、わが芭蕉翁にこの翁を東西に左右し、延宝より享保にいたるこの道の盛世をてらし見て、けふこの道にゆく人のこゝろの花のにほひに足り、心の月の影とゞきて、はいかいの幸大ィならんかし」と述べて示唆しているところから窺知《きち》し得るように、『鬼貫句選』の基礎資料として用いられているのは、鬼貫の「家の集」としての『七車』。今日、太祇言うところの『七車』とかかわりがあると思われる資料が、数種伝存している。柿衞文庫本『仏兄七くるま』甲本（村径《むらみち》筆写本）、乙本（櫻井武次郎稿「第三の『仏兄七久留万』」、昭和六十一年十一月発行、親和女子大学「研究論叢」第二十号、参照）、岡本勝氏旧蔵初稿本系『仏兄七くるま』、大礒義雄氏蔵『続七車』等である。これらは、いずれも自伝的句稿（序跋等の文章を含めて）と呼ぶのがよいように思われる。春、夏、秋、冬に分類されてはいても（『続七車』を除く）、作品の成立年代にこだわって編まれているからである。が、『鬼貫句選』の発句作品は、完全に四季別、季詞《きことば》（季題）別に編まれている。このような編纂方針のもとに編まれた別本『七車』の存在も、十分に想定し得るであろう。

『鬼貫句選』の出版（明和六年刊）より十四年後の天明三年（一七八三）に高橋徳恒編『鬼貫発句集』（内題「なゝくるま」、後刷本『俳諧七くるま』）が出版されている。書肆大阪興文堂書房高橋徳恒は、序で「なゝくるま全部百三拾余丁ありて翁（筆者注・鬼貫）の自撰なり。往年、揚芳堂これを得て荒木氏と梓行せんとしていまだ果さず。其本《そのほん》、荒木氏に蔵して、已に二紀（筆者注・二十四年）に及べり。先年、京人、本集より抄して句選を刻すといへども、本集は、翁の得意にてものせられぬれば、抄せん事、其《その》ほいにあらざるべし」と語っている。そんなわけで、「句選に出せるを除き、文部をわかち、或は句選に詞書をもらし、贈答を略せるは重出し、校正をさめて、荒木氏とはかり世に公に」したということである。『鬼貫発句集』の奥付を参看すると、「揚芳堂」が大阪心斎橋通北久宝寺町の書肆大賀惣兵衛（矢島玄亮著『徳川時代出版者出版物集覧』萬葉堂書店、昭和五十一年八月刊、参照）、「荒木氏」が大阪心斎橋通北久宝寺町の荒木佐兵衛であることが明らかとなる。そして、荒木佐兵衛が『七車』を蔵していたというのである。「京人」が太祇を指すことは間違いないが、「京人、本集より抄して句選を刻すといへども」の「本集」が、荒木佐兵衛架蔵の『七車』を指すのか、別本の『七車』を指すのかは、今ひとつ定かでない。というのは、先にも述べたように、『鬼貫句選』が完全な類題発句集の体裁を採っているのに対して、『鬼貫発句集』（『俳諧七くるま』）は、四季別の体裁を採ってはいるものの、必ずしも季詞（季題）別ではないからである。それはともかく、身近に稿本『七車』の存在を確認し得た書肆高橋徳恒としては、「京人」（太祇）の編んだ『鬼貫句選』に対して、大いなる不満を抱いた、ということであった。それは、『鬼貫句選』があくまでも抄本（句選）であることによるものである。そのような出版は、鬼貫の志に反するというのである。そこで、『鬼貫句選』所収の作品以外の発句を中心に「文部」（序跋類、贈辞・記・讃類、哀傷類）を加えて一本としたものが、『鬼貫発句集』（『俳諧七くるま』）だというのである。ただし、『鬼貫句選』と『鬼貫発句集』の、鬼貫の秀句選としての質を比較するならば、『鬼貫句選』に軍配をあげざるを得ない。もちろん『鬼貫発句集』の資料的価値を否定するものではないが、鬼貫発句の秀句選として見た場合、収録作品の質の違いは、歴然としているからである。後代の正岡子規をして「蕪村を除けば天下敵無しである」「太祇の句には蕪村のやうなうるはしい句は少いけれど、一句〳〵皆面白き事、即ち句の揃ふて居る点に付いては蕪村にも劣るまい」と言わしめた（「俳人太祇」明治三十二年三月発行「ホトトギス」第二巻第六号、所収）太祇の選句眼のよろしさが、隅々にまで行き亘っているのである。鬼貫の発句世界を味読するに過不足ない佳句が選ばれている。本書が『鬼貫句選』を収録した所以《ゆえん》である。なお、『鬼貫句選』と柿衞文庫本『仏兄七くるま』甲本（村径筆写本）の関係を比較した論考に入江昌明稿「『鬼貫句選』編集の実態について――『仏兄七久留万』との比較を通して」（昭和五十三年十一月発行「地域研究いたみ」第九号、所収）がある。

『鬼貫句選』のもう一つの大きな特色は、下巻に芭蕉の『おくのほそ道』に匹敵する、鬼貫のすぐれた紀行文「禁足旅記」を収録、提供している点である。「禁足旅記」の初出は、元禄三年(一六九〇)に京寺町二条上ル町井筒屋庄兵衛から板行されている『犬居《いぬこ》士《じ》』。この『犬居士』は、鬼貫が、元禄三年八月三十日に大坂市中より福島村汐津橋のほとりの閑居に移住し、大悟したところの「誹道」を喧伝せんと、「犬居士」号を名乗った折の記念の著作であるが、その大部分を「禁足旅記」(「禁足之旅記」)が占めているのである。この『犬居士』、伝本は、東京大学洒竹文庫の一本が知られるのみであるが(『国書総目録』参照)、芭蕉の『おくのほそ道』の公刊(阿誰軒井筒屋庄兵衛の『誹諧書籍目録』によれば、元禄十五年刊)に先立つこと十二年前に、鬼貫の紀行文「禁足旅記」(「禁足之旅記」)が公刊されていたことは、大いに注目してよいであろう。それが太祇の炯眼によって『鬼貫句選』に収録されたのである。このことによって「禁足旅記」は、より多くの読者に愛読されることになったのである。『犬居士』所収の「禁足之旅記」と、『鬼貫句選』所収の「禁足旅記」との大きな違いは、初出の『犬居士』所収の「禁足之旅記」中にあった俳諧の連歌(連句)作品が、『鬼貫句選』所収の「禁足旅記」では、一切省略されていることである。これは、太祇の恣意によったものではなく、太祇がテキストとして準拠した稿本『七車』所収のものが、俳諧の連歌(連句)作品を省略していたためであろう。伝存する柿衞文庫本『仏兄七くるま』甲本、乙本、岡本勝氏旧蔵初稿本系『仏兄七くるま』所収の「禁足旅記」（「禁足の旅記」「禁足之旅記」）が、すべて俳諧の連歌（連句）作品を省略していることから、そのことが窺知し得る。『鬼貫句選』所収の「禁足旅記」と『犬居士』、および『仏兄七くるま』甲本所収の「禁足之旅記」（「禁足の旅記」）との校異は、拙著『本質論としての近世俳論の研究』所収の「『鬼貫旅日記』（禁足之旅記）評釈」において行っているので、参照されたい。

初出の「禁足之旅記」を収録する『犬居士』の出版は、先にも記しておいたように、元禄三年（一六九〇）。もう少し正確に言えば、同年「十二月朔日」（『誹諧書籍目録』）である。『犬居士』の奥付は「元禄三庚午十月日」となっている。これが執筆終了時と見てよいであろう。執筆から出版までに要した日数は、二ヶ月弱。大変なスピードで出版にこぎつけたというわけである。ここには、前年の元禄二年九月に大垣でその行程を終えている芭蕉の奥州行脚《あんぎや》、すなわち『おくのほそ道』の旅が、大きく作用しているように思われる。有り体《てい》に言えば、芭蕉より十七歳年少の鬼貫の客気が、新趣向の紀行文『おくのほそ道』にかかわる情報を入手し得たことにより、出版を急がせた、ということではなかろうか。芭蕉の『おくのほそ道』が、実際の行脚体験を踏まえての紀行文であるのに対して、「禁足」での紀行文（居ながらの紀行文）という設定も、新趣向と言えば、言えなくもない。ここに、若き鬼貫(時に三十歳)の俳諧への並々ならぬ気概を見ることも許されるのではなかろうか。

「禁足旅記」は、主人公鬼貫の、元禄三年九月二十日の大坂八軒家からの夜舟での出発にはじまり、同年十月二日の江戸嵐雪亭にいたるまでの十三日間の東海道を下る紀行文であるが、記述中の何箇所かに鬼貫の対芭蕉意識、対『おくのほそ道』意識が窺われるのである。鬼貫が芭蕉の『おくのほそ道』を意識しつつ「禁足旅記」を執筆したことは間違いないように思われる。そのことを、その情報源とともに探ってみたい。

「禁足旅記」の中には、ずばり芭蕉の名前が明記されている条がある。出立二日目の九月二十一日の条である。このことは、『犬居士』を披見した芭蕉の門人の誰かによって、必ずや芭蕉に齎《もたら》されたことであろう。芭蕉が「禁足旅記」に目を通していた可能性は、すこぶる高いのである。というよりも、確実に目を通していた、と断言してよいように思われる。芭蕉は、元禄三年十二月、上旬より中旬まで京に滞在中である。下旬より翌一月上旬までは大津にあった。左の記述には、いやでも興味をそそられたことであろう。

この所(筆者注・兼平塚)より道を右にのぼりて、

石山のいしの形《なり》もや秋の月

もどりに芭蕉がいほりにたづねて、

我レに喰せ椎の木もあり夏木立

「石山の」の句にも注目しなければならないが、まずは「芭蕉がいほり」から問題にしたい。「禁足旅記」において鬼貫が記す行程では、膳所《ぜぜ》の義仲塚から兼平塚に歩を進め、さらに石山寺へ登り、その帰途に「芭蕉がいほり」に立寄ったことになっている。とすれば、鬼貫が言うところの「芭蕉がいほり」とは、芭蕉が『おくのほそ道』の旅の後《あと》、元禄三年(一六九〇)四月六日より七月二十三日まで一〇六日間を過した国分山の「幻住庵」にほかならないのである。芭蕉は、その折のことを俳文「幻住庵記」としてまとめ、元禄四年七月三日刊(『誹諧書籍目録』)の俳諧撰集『猿蓑《さるみの》』に収めている。「幻住庵記」は、

石山の奥、岩間のうしろに山有《あり》。国分山《こくぶやま》と云《いふ》。(中略)住捨し草の戸有。よもぎ、根笹軒をかこみ、屋ねもり、壁落て狐狸《こり》ふしどを得たり。幻住庵と云。あるじの僧何がしは、勇士菅沼氏曲水子之《の》伯父になん侍りしを、今は八年計《やとせばかり》むかしに成て、正に幻住老人の名をのみ残せり。

と書きはじめられ、

先《まづ》たのむ椎の木も有《あり》夏木立

の一句をもって閉じられている。鬼貫言うところの「芭蕉がいほり」が、「幻住庵」を指していることは、もはや疑いのないところであろう。しかも鬼貫の一句「我レに喰せ椎の木もあり夏木立」が、芭蕉の「先たのむ椎の木も有夏木立」への挨拶句であることも明らかであろう。芭蕉翁が夏木立として涼んだ椎の木は、今、秋とて実を沢山つけている。一ついただこうではないか、というのが鬼貫句の意味であろう。「幻住庵」をはやばやと「芭蕉がいほり」、すなわち芭蕉庵などと呼んでいるところなど、大いに興味をそそられるが、一つ不思議なことがある。鬼貫が「禁足之旅記」を執筆している時点では、まだ『猿蓑』は公刊されていないのである。「先たのむ」の一句も『猿蓑』が初出である。

鬼貫の速《すみ》やかな反応には驚嘆を禁じ得ないのであるが（鬼貫の、芭蕉への関心の高さが窺われよう）、その情報源はどこにあるのであろうか。芭蕉の未公開情報を鬼貫に齎したところの人物である。鬼貫は、それを「禁足旅記」の中でさりげなく明らかにしている。旅程の最後、十月二日の条に、之道《しだう》けふは隙《ひま》にしてきたりぬ、といひけるをまたとらへて、哥仙之道発句あり。誹諧略之。

と見える之道こそが、芭蕉の情報を鬼貫に伝えた人物と想定されるのである。この記述で省略されている「誹諧」は、『犬居士』によれば、

とつかよりほどがやへ二里時雨《しぐれ》けり　之道
やき餅坂もふくや凩《こがらし》　鬼貫

を発句と脇とする歌仙。この歌仙は、鬼貫の創作(自作自演)ではなく、実の世界での作品であろう。実際に十月二日、之道が鬼貫を訪問し、鬼貫が、「禁足之旅記」執筆のために之道に協力を仰ぎ、歌仙を巻き、それをそのまま用いた、ということだと思われる。之道は、鬼貫と親交のあった来山門の俳人であったので、鬼貫との交流も密だったと思われる。之道が芭蕉門となったのは、元禄三年(一六九〇)六月。「幻住庵」滞在中の芭蕉の「几右日記《きゆう》」(『猿蓑』所収)に、之道の句、

麦の粉《こ》を土産《みやげ》す
一袋これや鳥羽田《とばだ》のことし麦　之道

が見える。「ことし麦」は、夏の季詞《きことば》。入門間もない之道が、「ことし麦」で作った「麦の粉」(麦焦《むぎこがし》)を、「幻住庵」訪問の土産としたのである。元禄三年十月十日刊(『誹諧書籍目

録』)、之道編『あめ子』には、

中の秋十日あまり、之道、芭蕉翁をたづねて行日《ゆく》、後のなつかしきを。

橋よりも戻る心を瀬田の奥　伊丹鬼貫

空《そら》いそぎする秋の船衆　之道

を発句と脇とする「表合せ」(六句形式の俳諧の連歌)が収められている。元禄三年八月十日過ぎ、之道が、木曾塚(義仲寺)の草庵に滞在中の芭蕉を訪問せんとして出発する日の作品である。芭蕉に会わんとしての逸《はや》る気持は理解できるが、せめて「こゝろばかりを脱《もぬ》けて」(「禁足旅記」序章参照)瀬田の唐橋より帰って来てほしい、というのが鬼貫の発句であろう。対する之道の脇は、私は、ひたすら芭蕉翁に会いたくて、船方《ふなかた》たちの行動さえも、まだるっこく感じられる、いずれまたお会いしましょう、というのである。芭蕉と之道との関係が急激に親しくなっていく様《さま》が窺知し得るであろう。そんな関係の中で、之道は、直接芭蕉から、あるいは、当時、芭蕉の周辺にいた浜田珍碩《ちんせき》(洒堂《しゃどう》)、小林昌房、水田正秀等より、芭蕉に関する様々な情報を入手し得たのであろう。それが、鬼貫に伝わったものと思われる。

「石山のいしの形もや秋の月」の句も、明らかに、芭蕉の『おくのほそ道』中の加賀の「那谷寺」の条の句文が意識されていよう。左のごとく記されている。

奇石さま〴〵に、古松植ならべて、萱《かや》ぶきの小堂、岩の上に造りかけて、殊勝の土地也。

石山の石より白し秋の風

芭蕉が、眼前にある「那谷寺」の「奇石」の白さに注目し、近江国石山寺の「石」を思い起しつつ作ったのが、右の「石山の」の一句である。鬼貫は、この芭蕉句を意識して、芭蕉翁は、石山寺の「石」の白さに注目したが、月光下の「石」の「形《なり》」も十分に面白い、とやったのである。『犬居士』所収の「禁足之旅記」には「形《ナリ》」と振り仮名が付されている。鬼貫句の「形《なり》もや」の措辞、特に「もや」の表現には、明らかに芭蕉句が意識されていよう。色彩の白もいいが、「形《なり》」も趣《おもむき》がある、というのである。芭蕉句への挨拶と見るべきであろう。が、この時点で、芭蕉の「石山の石より白し秋の風」の句を収載している俳書は、ない。この句も之道を情報源として、鬼貫に齎されたものであろう。

「禁足旅記」中の九月二十五日の左の記述も、大いに気になるところである。「矢作《やはぎ》」の条である。

藪生《おひ》たる所かの長者のあとなどいひて、田の中に見ゆ。やとひたる馬士《まご》の是《これ》によそへて望むほどに耳ちかき世の一ふしをとりて、

上瑠璃よかり田の番は夜《よ》る斗《ばかり》

矢作の長者の娘浄瑠璃御前と牛若丸との恋物語の滑稽化。一句の意味するところは、浄瑠璃姫に刈田の番を頼んでも、牛若丸との密会のための夜に限られるであろうな、というのであろう。それはいいのであるが、ひっかかるのが、この場面設定。『おくのほそ道』の那須の「殺生石」の条に、次の記述がある。

是より殺生石に行《ゆく》。館代より馬にて送らる。此口付《このくちつき》のおのこ、短冊得させよと乞《こふ》。やさしき事を望《のぞみ》侍るものかなと、

野を横に馬牽《ひき》むけよほとゝぎす

両者の場面設定の符合は、疑う余地がないであろう。いずれも「馬士《まご》」（「口付のおのこ」）が、主人公（鬼貫・予（芭蕉））に一句を求めているのである。芭蕉の『おくのほそ道』の、この場面の情報が、先の之道を通して鬼貫に齎されたと考えるのが順当と思われるが、逆も考えられない話しではない。なにしろ「禁足旅記」には、芭蕉その人が登場しているのであるから、「禁足之旅記」所収の『犬居士』が、之道（あるいは、そのことを知

った門人)を通して芭蕉に呈せられていた、ということである。となると、「禁足旅記」の芭蕉への影響ということも、まったく考えられないことではなくなってくるのである。別に、「禁足旅記」に登場し、「半哥仙」(十八句形式の俳諧の連歌)まで巻いている柏木素龍の存在も気になるところである。元禄七年(一六九四)初夏(四月)、芭蕉の依頼によって『おくのほそ道』を浄書しているのが、この素龍だからである。鬼貫が「禁足旅記」を執筆している時点では、芭蕉と素龍との接点は、ない。

鬼貫が芭蕉を強く意識していたもう一例を「禁足旅記」の中に見ておくことにする。十月一日の「樫の木坂」の条である。

かしの木は、皆人馬にものらず。そのほか岩根道いくまがりもまがりて、中〳〵鈴鹿の坂はこの汗にも似ず。漸《やうやう》小田原にくだる。

雑《ざふ》

気《き》辛労《しんろ》や馬にのろもの小田原へ

実《げに》こゝろばかり行《ゆく》道なれば落る事もなきにと後悔してすぐ。

この一条、明らかに芭蕉の『笈の小文』中の左の一節を念頭に置いての描写であろう。

馬かりて杖つき坂上るほど、荷鞍うちかへりて馬より落ぬ。

歩行《かち》ならば杖つき坂を落馬哉《かな》

と、物うさのあまり云出《いひ》侍れ共、終《つひ》に季ことばいらず。

『古事記』において倭建命《やまとたけるのみこと》が、杖を衝《つ》きながらそろそろと歩いて登ったことにより名付けられた、と記されている「杖つき坂」（杖衝坂）――芭蕉による「杖つき坂」体験である。芭蕉は馬で越えようとしたのであるが、鞍の具合が悪く落馬してしまったというのである。こんなことならば、倭建命のように杖を衝きながら歩いて越えればよかった、というのが一句の意味。癪にさわって詠んではみたが「季ことば」が入らなかった、とある。そこで、鬼貫の「樫の木坂」の条である。東海道一の難所。鬼貫は、「鈴鹿の坂はこの汗にも似ず」と記している。この「鈴鹿の坂」が「杖つき坂」である。鬼貫は、そこを歩いて越えたのであるが、芭蕉の「落馬」の一件があるので気を回し過ぎた（「気辛労や」）、こんなことならば、「こゝろばかり」の旅（架空の旅）で落馬の心配などないのだから、さっさと馬で小田原まで越えればよかった、というのが句文の意味するところ。鬼貫は、芭蕉の「季ことば」の入っていない「歩行ならば」の句に倣《なら》って、わざわざ「雑」（無季）の句で応じているのである。鬼貫が徹頭徹尾、芭蕉の『笈の小文』の一節を意識していたということは、もはや疑いようのないところであろう。これは、これでいいのであるが、『笈の小文』も、先の「幻住庵記」所収の『猿蓑』、あるいは『おくのほそ道』同様、鬼貫が「禁足旅記」を執筆した時点においては、公刊されていないのである。これもまた、之道によって鬼貫に齎された情報と考えるのが自然であろう。とにかく「禁足旅記」は、処々において鬼貫と芭蕉との関係を窺わしむるのである。鬼貫が、芭蕉の情報に対して、きわめて敏感であったことは、上述の数例によって納得いただけると思う。それよりもなによりも、地《じ》の文と発句作品が見事に均衡を保ち、『おくのほそ道』と較べて、紀行文として少しも遜色のない「禁足之旅記」が、芭蕉の生前に、『おくのほそ道』よりも十二年も早く公刊されていたということは、大いに注目されてよいであろう。そんな紀行文が長い間、眠っていたのである。

次に、本書に収めたもう一冊の著作『独ごと』について見ておくことにしたい。享保三年（一七一八）、鬼貫が五十八歳の折の著作である。私が底本として用いたのは、奥付に「享保三季戊戌中秌良辰　洛陽寺町通五条上ル町　書林　新井弥兵衛蔵版」とある半紙本の架蔵本、上・下二巻。与謝蕪村より「鬼貫は大家」（『鬼貫句選』鬼貫句選跋）とまで評価された鬼貫が、生前、一部のまとまった俳論書を公《おおやけ》にしていたことは、これまた大いに注目すべきである。芭蕉には、一部の俳論書もないのである。芭蕉の俳論を祖述しての門人向井去来の『去来抄』(宝永元年ごろ成立)、服部土芳の『三冊子《さんぞうし》』(元禄十五年成立)が備わっているとはいえ、まとめられたのは芭蕉没後のことであり、公刊されたのは、去来、土芳の没後である(『去来抄』が安永四年刊、『三冊子』が安永五年刊)。『独ごと』は、鬼貫の生前に記されたものであり、鬼貫の生《なま》の言葉によって、その俳諧観が聞けるということは、その内容が、俳論史上のみならず、日本文学論史上においてもきわめて上質なものであるだけに、後世の我々にとっては、文字通りの僥倖ということである。鬼貫に大いなる関心を示した子規門下の河東碧梧桐に、

独言《ひとりごと》は家の宝や鬼貫忌

の一句が残っていることは(明治三十六年十月発行「ホトトギス」第七巻第一号)、謂れなきことではないのである。

『独ごと』上巻で特に知られている鬼貫の言葉は「まことの外《ほか》に俳諧なし」であろうが、この言葉に集約されているように、『独ごと』上巻では、「まこと」が様々な角度より多様に説かれている。延宝二年(一六七四)刊、美濃信浄寺の住職梅翁著の俳諧作法書『俳諧無言抄』の中に、

俳は戯《け》也。諧は和《くは》也。唐にもたはぶれてつくる詩を俳諧と云より、古今集にざれうたを俳諧哥と定《さだめ》給し也。

と見えるように、俳諧の原義は、「たはぶれ」であり、「ざれ」であった。すなわち本来、「まこと」とは相容れない性質のものだったのである。そんな俳諧という文芸の中に、芭蕉とは別に「まこと」の理念を導入したのが、鬼貫だったのである。そして、そのために堂々と論陣を張ったのであるから、そのこと自体、俳諧史の流れの中にあって、画期的なことだったのである。鬼貫の「まこと」論の大きな特色は、「をのづからのまこと」を主張した点にある。『独ごと』の中に左のごとく記されている。

此《この》道を修し得たらん人の虚実のふたつに力を入ずして、いひ出す所句毎《ごと》にいつはりなきをこそをのづからのまことゝはいひ侍るべけれ。是なん常の心に偽《いつは》りなく、世のあはれをも深くおもひ入《いれ》たる故なるべし。

鬼貫において、「まこと」は、単なる理念ではなく、常にこのようにあくまでも作品としての形象化が志向されていたのである。その主張は、別の箇所では、

まことを深くおもひ入《いれ》て言《いひ》のべたるも、詞よろしからざるはほいなくぞ侍る。心と詞とよく応じたらん句をこそこのむ所には侍らめ。

と明言されているのである。享保十二年（一七二七）春に執筆された『仏兄七くるま』の序で、鬼貫は、

乳ぶさ握るわらべの、花に笑み月にむかひて指さすこそ天性のまことにはあらめかし。

と述べているが、この「天性のまこと」が基調として存在することによって「世のあはれをも深くおもひ入」ることが可能となるというのである。詳しくは、直接『独ごと』上巻に当られたい。上巻では、「まこと」論とは別に俳諧の連歌の付合《つけあい》論として「のりなじみ」論が展開されているが、この「のりなじみ」論もまた、「まこと」論を踏まえての立論である。

『独ごと』下巻は、本解説の冒頭でも述べたように、四季の風物、旅、恋、祝等を主題としての随筆集である。が、鬼貫の中では当然、上巻巻末（「三九　本意」）で述べられているところの「所詮」（「詮」）論に繋がるものとして執筆されているものと思われる。そして、先の「まこと」論にしても、この「所詮」論にしても、『独ごと』の序を書いている京の歌人、歌学者である有賀長伯からの大きな影響を受けていることは、明らかである（拙著『本質論としての近世俳論の研究』所収「鬼貫俳論の構造」参照）。鬼貫自身、『続七

車』の中で「予、京住之時、有賀長伯懇ニ語る」と記しているのである。長伯において「所詮」は、「本意」とのかかわりにおいて語られている（例えば、元禄九年刊『初学和歌式』）。それゆえ、鬼貫においても、『独ごと』下巻は、単なる随筆集というわけではなく、常に「所詮」への目配りがなされていたと思われる。実際、鬼貫は、先行する天正十四年（一五八六）成立、里村紹巴《じょうは》著『連歌至宝抄』（版本で流布。筆者架蔵本は、無刊記の大本一冊）で詳述されている「本意」論を参照しつつ執筆している、ということが、その文言の一致から明らかである、といった具合である。が、留意すべきは、「所詮」がかかわるところの「本意」が、あくまでも、和歌以来の季詞《きことば》である、芭蕉門下が用いた言葉で言えば「竪題《たてだい》」について論ぜられるのに対して、『独ごと』下巻の記述は必ずしも「竪題」に限定されていないということである。ここに大きな特色がある。

鬼貫が『独ごと』下巻で試みたのは、「本意」に繋がるところの「所詮」を視野に入れつつも、あくまでも鬼貫の時代（江戸時代）の風物を自由に綴ることにあったのである。それゆえに、その筆致は、伸び伸びとしていて大どかである。また、随意に語られる文章からは、俳諧という文芸を離れての鬼貫の関心の有処《ありど》が、端々に窺われ、考証的随筆の多い江戸時代にあって、第一級の随筆文学となり得ているのである。

主要参考文献一覧（単行本に限る）

○大野洒竹編『鬼貫全集』　春陽堂、明治三十一年五月刊
○大野洒竹校訂『素堂鬼貫全集』　博文館、明治三十二年四月刊
○鈴木重雅校註解題『在岡俳諧逸士伝 鉢扣』　天青堂、大正十四年八月刊
○高木蒼梧編『鬼貫集』　紅玉堂書店、大正十五年八月刊
○工藤静波編『季題類別鬼貫名句選集』　積文館書店、昭和二年三月刊
○大橋裸木編『鬼貫俳句集』　金星堂、昭和四年九月刊
○岡田利兵衛編『伊丹風俳諧全集 上巻』　顕文社書店、昭和十六年十月刊（訂正再版）
○荻野清編『元禄名家句集』　創元社、昭和二十九年六月刊
○大礒義雄編著『続七車と研究』　未刊国文資料刊行会、昭和三十三年十月刊
○岡田利兵衛編『鬼貫全集』　角川書店、昭和四十三年三月刊
○岡田利兵衛編『伊丹文芸資料』　伊丹市役所、昭和五十年九月刊
○岡田利兵衛監修・解説『鬼貫賛春卜画巻』　伊丹市役所、昭和五十一年十一月刊
○岡田利兵衛編著『鬼貫全集 三訂版』　角川書店、昭和五十三年七月刊
○岡田利兵衛監修・解説『鬼貫遺墨集』　伊丹市教育委員会、昭和五十三年八月刊

○弥吉菅一原本蔵・入江昌明解説『独こと』 明治書院、昭和五十三年十二月刊
○復本一郎全訳注『鬼貫の「独ごと」』 講談社学術文庫、昭和五十六年八月刊
○復本一郎編『鬼貫東海道旅日記』 東海美術社、昭和六十二年六月刊
○櫻井武次郎他校注『元禄俳諧集』 新日本古典文学大系71、岩波書店、平成六年十月刊

＊

○宮垣四海編著『俳人鬼貫 附鬼貫句集』 内外出版協会、明治四十二年九月刊
○鈴木重雅著『俳人鬼貫の研究』 共立社、大正十五年十二月刊
○山崎喜好著『鬼貫論』 筑摩書房、昭和十九年五月刊
○牧村史陽著『上島鬼貫』 史陽選集刊行会、昭和三十九年一月刊
○永田耕衣著『鬼貫のすすき』 コーベブックス、昭和五十一年九月刊
○今井美紀著『鬼貫のすべて』 伊丹市立博物館、昭和五十三年五月刊
○櫻井武次郎著『伊丹の俳人 上嶋鬼貫』 新典社、昭和五十八年十月刊
○岡田利兵衞編著『近世における伊丹文学の展開』 柿衞文庫、平成二年十月刊
○岡田利兵衞著『鬼貫の世界』 八木書店、平成十年三月刊
○坪内稔典著『上島鬼貫』 神戸新聞総合出版センター、平成十三年五月刊
○Edición de Yoshihiko Uchida, Vicente Haya y Akiko Yamada『Ueshima Onitsura PALABRAS DE LUZ(Tomoshibi no Kotoba)90 HAIKUS』 Miraguano Ediciones, 2009. 10

略年譜

万治四・寛文元年（一六六一）　1歳

四月四日、摂津国河辺郡伊丹郷に、上嶋宗春の三男として生まれる。生家は醸造業。屋号「油屋」。清酒「三文字《さんもんじ》」の醸造元。童名、竹松。長じて利左衛門宗邇《むねちか》。通称、与惣兵衛《よそべい》。遠祖は、和泉三郎忠衡。親交のあった有賀《あるが》長伯もこの年に生まれている。

寛文八年（一六六八）　8歳

この年、俳諧を始める。「こい〳〵といへど蛍がとんでゆく」が最初の句。

寛文十三・延宝元年（一六七三）　13歳

松江維舟《いしゆう》（重頼《しげより》）に師事。

延宝二年（一六七四）　14歳

京の池田宗旦、伊丹に移住し、誹道学校也雲《やうん》軒《けん》を開く。鬼貫も受講。

延宝四年（一六七六）　16歳

このころ、宗因風に傾倒。

三月、維舟編『武蔵野』に上嶋竹松丸号で入集。初入集か。

延宝六年（一六七八）　18歳

十一月、宗旦編『当流籠抜』刊。鬼貫号で初見。

延宝八年（一六八〇）　20歳

『誹道恵能録』（原本不明）刊。

正月、『俳諧無分別 七吟七百韻追加親仁異見』刊（原本不明）。

六月二十九日、松江維舟没す（七十九歳）。

延宝九・天和元年（一六八一）　21歳

『西瓜三ツ』（原本不明）刊。

天和二年（一六八二）　22歳

三月二十八日、西山宗因没す(七十八歳)。

天和三年(一六八三)　23歳

二月中旬、『三人蛸 伊丹三百韻』刊。

天和四・貞享元年(一六八四)　24歳

『有馬日書』(原本不明)刊。『続七車』の抄録によれば、序「自春庵　囉々哩鬼貫」、跋「貞享元甲子歳九月廿八日　囉々哩　鬼貫」。自署に「囉々哩」を用いるのはこれが初見。「囉《ら》々《ら》哩《り》」は禅語(禅学大辞典)。

冬、『かやうに候ものハ青人猿風鬼貫にて候』刊。

貞享二年(一六八五)　25歳

春、「まことの外に俳諧なし」と道破。

この年「学問ノ為ニト大坂ニ出」(藤原宗邇伝)たか。

貞享三年(一六八六)　26歳

六月二十五日、大坂を出発、七月三日、江戸着。小出伊勢守家への出仕、不首尾に終り、帰坂。

七月三十日、友人鸞動《らんどう》没す(二十二歳)。

この年、芭蕉、「古池や」の句を詠む。

貞享四年(一六八七)　27歳

五月、筑後国三池藩主立花主膳正《かみ》藤原種明に仕えることになり、江戸で見《まみ》える。

元禄二年(一六八九)　29歳

九月、三池侯を致仕し、伊丹に帰る。のち大坂住。

十月十日、従弟上嶋鐵卵没す(二十八歳)。

この年、芭蕉、『おくのほそ道』の旅に出る。

元禄三年(一六九〇)　30歳

五月、『大悟物狂』刊。

八月十日すぎ、膳所《ぜぜ》に芭蕉を訪ねる之道と両吟表六句興行。

八月三十日、大坂市中より閑静な福島村汐津橋のほとりに移住。越年。

十月、『犬居士』(「禁足之旅記」所収)刊。犬居士号を用いる。
元禄四年(一六九一)　31歳
六月、大和国郡山藩本多下野守藤原忠平に仕え、大坂役目となる。
八月八日、父宗春没す(八十八歳)。
この年、馬楽童と改号。
元禄五年(一六九二)　32歳
二月、大和国郡山在。
六月、伊丹に帰る。
九月六日、狼藉を禁《いさ》める鬼貫に切り掛ってきた家来加藤左太平を一太刀にて切倒す。
『食《めし》』(原本不明)刊。
元禄六年(一六九三)　33歳
大和国郡山で迎春。
八月十日、西鶴没す(五十二歳)。
九月十七日、池田宗旦没す(五十八歳)。
元禄七年(一六九四)　34歳
大坂で迎春。
八月、病臥。
十月十二日、芭蕉没す(五十一歳)。
嵐雪編『或時集』刊。
元禄八年(一六九五)　35歳
二月二日、本多侯を致仕し、伊丹に帰る。
十月十一日、長子永太郎生まれる。
元禄九年(一六九六)　36歳
伊丹で迎春。
元禄十二年(一六九九)　39歳
正月、『仏の兄』刊。前年仏兄《さとえ》と改号した記念の撰集。
二月、伊丹領主近衛家の御家来分とされる。
元禄十三年(一七〇〇)　40歳
正月十五日、長子永太郎没す(六歳)。
正月十七日、菩提寺墨染寺墓前で「土に埋て子の咲花もある事か」の句を詠む。
八月十五日、「此秋は膝に子のない月見かな」と詠む。

元禄十四年（一七〇一）　41歳
二月二十五日、惟然が訪ねてくる。二十八日まで滞在。
秋、子葉（大高源五忠雄）が訪ねてくる。
元禄十五年（一七〇二）　42歳
轍士『花見車』刊、中で鬼貫に言及。
元禄十六年（一七〇三）　43歳
二月、京に移住。
夏、秋と惟然が訪ねてくる。
八月五日、老母松室春貞没す。
秋、団水が訪ねてくる。
『酸鼻集』（原本不明）刊。
宝永二年（一七〇五）　45歳
正月十三日、次男富三郎生まれる。後、竹次郎、また改之進と改める。また秀弼《ひですけ》、右膳とも称す。
宗旦十三回忌集『追善 逃亭伊丹希李』（原本不明）刊。柿衞文庫に写本が伝わる。
宝永三年（一七〇六）　46歳
三月十日、十一日と支考による東山の芭蕉追悼万句興行に出座。
八月十七日、三男熊之助生まれる。後、秀邇《ひでちか》、立節とも称す。
宝永四年（一七〇七）　47歳
鳥路斎文十編『海陸前集』刊。
十月十三日、嵐雪没す（五十四歳）。
宝永五年（一七〇八）　48歳
五月五日、八月二十一日と二度にわたり越前国大野城主土井甲斐守家に仕えるため同地に赴く。三十人扶持、京都屋敷の留主居役を勤めることになる。
宝永六年（一七〇九）　49歳
初懐紙『いねあげよ』（原本不明）刊。
宝永七年（一七一〇）　50歳
十月、芭蕉十七回忌に追善の句文をなす。
正徳二年（一七一二）　52歳

伊予国の羨鳥、『花橘』集の相談に訪れる。「橘よ今をむかしの心種」の句を与える。
正徳四年(一七一四)　54歳
二月、伊勢国の涼菟と会す。
九月八日、江戸下向。
月尋編『伊丹発句合』刊。鬼貫が跋を寄せる。
正徳五年(一七一五)　55歳
江戸石町の旅宿で迎春。
六月七日、江戸より帰京か。
享保三年(一七一八)　58歳
三月、有賀長伯より古今集誹諧歌の伝授を受ける。
八月、『独ごと』刊。
十二月十二日、京より大坂に移住。
享保四年(一七一九)　59歳
病気にて歳旦吟なし。
享保八年(一七二三)　63歳
森本百丸『在岡俳諧逸士伝』成る。鬼貫を含めて伊丹俳人七十七人の伝。
享保九年(一七二四)　64歳
三月二十一日、大火のため大坂天満の家が類焼。福島村之白《しはく》宅に仮寓。
四月一日、伊丹に帰る。十月中旬まで滞在。
六月、宗邇から秀栄《ひでのり》に改める。
享保十二年(一七二七)　67歳
春、『仏兄七くるま』の序を書く。
享保十五年(一七三〇)　70歳
四月、七十賀集『千歳眉寿冊』(原本不明)成る。
六月七日、交流のあった大徳寺二七三世、大心義統和尚(巨妙子)没す(七十四歳)。
享保十七年(一七三二)　72歳
雲鹿編『名の兎』に跋を寄せる。「金花翁鬼貫」と署名。
『七くるま拾遺』は享保十三年からこの年までの句を収録する。

享保十八年（一七三三）　73歳
　薙髪して即翁と改める。
享保十九年（一七三四）　74歳
　十二月晦日、妻没す（月泉智光大姉）。
元文二年（一七三七）　77歳
　鬼貫号にて、歳旦句「盃や屠蘇の海辺に跡の菊」を詠む。
　夏、『続七車』の序を草す。
　六月二日、有賀長伯没す（七十七歳）。
　李卿編『狂歌種ふくべ』に「金花翁鬼貫」と署名した序、ならびに狂歌一首を寄せる。
元文三年（一七三八）　78歳
　八月二日、あかつきに没す。法名、仙林即翁居士。大坂鳳林寺に葬る。伊丹の上嶋家の菩提寺墨染寺には、夭折した長男永太郎（青岳利陽童子）と合葬の墓がある。
元文五年（一七四〇）
　追善集『月の月』（梅門編）刊。
寛保四・延享元年（一七四四）
　超祥忌（七周忌）追善集『誹諧むなくるま』（李原編）刊。

＊鬼貫著『藤原宗邇伝』（岡田利兵衛編著『鬼貫全集　三訂版』所収）、櫻井武次郎・安田厚子稿「上嶋鬼貫年譜考」（「地域研究いたみ」第九号、昭和五十三年十一月、所収）を参照しつつ、私見を加え作成した。

初句索引

・本書に収録した鬼貫の四一三句の初句と句番号を示した。排列は、現代仮名遣いによる五十音順とした。
・初句が同音の句が複数ある場合は、第二句まで示した。

あ

い

う

え

お

こ

さ

し

ふ

ほ

ま

み

む

鬼貫句選《おにつらくせん》・独《ひとり》ごと

2010年7月16日 第1刷発行
2018年7月13日 第2刷発行

校注者 復本一郎《ふくもといちろう》

発行者 岡本 厚

発行所 株式会社 岩波書店
〒101-8002 東京都千代田区一ツ橋 2-5-5

案内 03-5210-4000 営業部 03-5210-4111
文庫編集部 03-5210-4051
http://www.iwanami.co.jp/

印刷・三秀舎 カバー・精興社 製本・松岳社

ISBN 978-4-00-302811-7 Printed in Japan

読書子に寄す

――岩波文庫発刊に際して――

岩波茂雄

真理は万人によって求められることを自ら欲し、芸術は万人によって愛されることを自ら望む。かつては民を愚昧ならしめるために学芸が最も狭き堂宇に閉鎖されたことがあった。今や知識と美とを特権階級の独占より奪い返すことはつねに進取的なる民衆の切実なる要求である。岩波文庫はこの要求に応じそれに励まされて生まれた。それは生命ある不朽の書を少数者の書斎と研究室とより解放して街頭にくまなく立たしめ民衆に伍せしめるであろう。近時大量生産予約出版の流行を見る。その広告宣伝の狂態はしばらくおくも、後代にのこすと誇称する全集がその編集に万全の用意をなしたるか。千古の典籍の翻訳企図に敬虔の態度を欠かざりしか。さらに分売を許さず読者を繫縛して数十冊を強うるがごとき、はたしてその揚言する学芸解放のゆえんなりや。吾人は天下の名士の声に和してこれを推挙するに躊躇するものである。このときにあたって、岩波書店は自己の責務のいよいよ重大なるを思い、従来の方針の徹底を期するため、すでに十数年以前より志して来た計画を慎重審議この際断然実行することにした。吾人は範をかのレクラム文庫にとり、古今東西にわたって文芸・哲学・社会科学・自然科学等種類のいかんを問わず、いやしくも万人の必読すべき真に古典的価値ある書をきわめて簡易なる形式において逐次刊行し、あらゆる人間に須要なる生活向上の資料、生活批判の原理を提供せんと欲する。この文庫は予約出版の方法を排したるがゆえに、読者は自己の欲する時に自己の欲する書物を各個に自由に選択することができる。携帯に便にして価格の低きを最主とするがゆえに、外観を顧みざるも内容に至っては厳選最も力を尽くし、従来の岩波出版物の特色をますます発揮せしめようとする。この計画たるや世間の一時の投機的なるものと異なり、永遠の事業として吾人は微力を傾倒し、あらゆる犠牲を忍んで今後永久に継続発展せしめ、もって文庫の使命を遺憾なく果たさしめることを期する。芸術を愛し知識を求むる士の自ら進んでこの挙に参加し、希望と忠言とを寄せられることは吾人の熱望するところである。その性質上経済的には最も困難多きこの事業にあえて当たらんとする吾人の志を諒として、その達成のため世の読書子とのうるわしき共同を期待する。

昭和二年七月

《日本文学（古典）》〔黄〕

- 古事記　倉野憲司校注
- 日本書紀　全五冊　坂本太郎・家永三郎・井上光貞・大野晋校注
- 万葉集　全五冊　佐竹昭広・山田英雄・工藤力男・大谷雅夫・山崎福之校注
- 原文万葉集　全二冊　佐竹昭広・山田英雄・工藤力男・大谷雅夫・山崎福之校注
- 竹取物語　阪倉篤義校訂
- 伊勢物語　大津有一校注
- 玉造小町子壮衰書 ―小野小町物語　杤尾武校注
- 古今和歌集　佐伯梅友校注
- 土左日記　紀貫之　鈴木知太郎校注
- 枕草子　池田亀鑑校訂
- 和泉式部日記　清水文雄校注
- 更級日記　西下経一校注
- 今昔物語集　全四冊　池上洵一編
- 三条西家本栄花物語　全三冊　三条西公正校訂
- 堤中納言物語　大槻修校注
- 新訂梁塵秘抄　後白河院撰　佐佐木信綱校訂

- 西行全歌集　久保田淳・吉野朋美校注
- 後撰和歌集　松田武夫校訂
- 古語拾遺　斎部広成撰　西宮一民校注
- 落窪物語　藤井貞和校注
- 新訂方丈記　市古貞次校注
- 新訂新古今和歌集　佐佐木信綱校訂
- 新訂徒然草　西尾実・安良岡康作校注
- 平家物語　全四冊　梶原正昭・山下宏明校注
- 水鏡　和田英松校訂
- 神皇正統記　北畠親房　岩佐正校注
- 宗長日記　島津忠夫校注
- 御伽草子　全二冊　市古貞次校注
- わらんべ草　大蔵虎明　笹野堅校訂
- 東関紀行・海道記　玉井幸助校訂
- 太平記　全六冊　兵藤裕己校注
- 好色一代男　井原西鶴　横山重校訂
- 日本永代蔵　井原西鶴　東明雅校訂

- 武道伝来記　井原西鶴　横山重・前田金五郎校注
- 芭蕉紀行文集　付嵯峨日記　中村俊定校注
- 芭蕉おくのほそ道　付曾良旅日記・奥細道菅菰抄　萩原恭男校注
- 芭蕉俳句集　中村俊定校注
- 芭蕉文集　潁原退蔵編註
- 芭蕉俳文集　全二冊　堀切実編注
- 蕪村俳句集　付春風馬堤曲 他二篇　尾形仂校注
- 蕪村書簡集　大谷篤蔵・藤田真一校注
- 蕪村七部集　伊藤松宇校訂
- 蕪村文集　藤田真一編注
- 曾根崎心中・冥途の飛脚　他五篇　近松門左衛門　祐田善雄校注
- 国性爺合戦・鑓の権三重帷子　近松門左衛門　和田万吉校訂
- 東海道四谷怪談　鶴屋南北　河竹繁俊校訂
- 鶉衣　全二冊　横井也有　堀切実校注
- 近世畸人伝　伴蒿蹊　森銑三校註
- 玉くしげ・秘本玉くしげ　本居宣長　村岡典嗣校訂
- 新訂一茶俳句集　丸山一彦校注

増補 俳諧歳時記栞草 全二冊　曲亭馬琴編／藍亭青藍補／堀切実校注
近世物之本江戸作者部類　曲亭馬琴／徳田武校注
北越雪譜　鈴木牧之編撰／京山人百樹刪定／岡田武松校訂
東海道中膝栗毛 全二冊　十返舎一九／麻生磯次校注
日本外史 全三冊　頼山陽／頼成一／頼惟勤訳
百人一首一夕話 全二冊　尾崎雅嘉／古川久校訂
わらべうた ―日本の伝承童謡　町田嘉章／浅野建二編
山家鳥虫歌 ―近世諸国民謡集　浅野建二校注
誹諧 武玉川 全四冊　山澤英雄校訂
雑兵物語・おあむ物語 附 おきく物語　中村通夫／湯沢幸吉郎校訂
芭蕉臨終記 花屋日記 付 芭蕉翁終焉記・前後日記・行状記　小宮豊隆校訂
俳家奇人談・続俳家奇人談　竹内玄玄一／雲英末雄校注
砂払 ―江戸小百科 全二冊　山中共古／中野三敏校訂
与話情浮名横櫛 切られ与三　瀬川如皐／河竹繁俊校訂
蕉門名家句選 全二冊　堀切実編注
耳嚢 全三冊　根岸鎮衛／長谷川強校注
色道諸分 難波鉦 ―遊女評判記　酉水庵無底居士／中野三敏校注

弁天小僧・鳩の平右衛門　黙阿弥／河竹繁俊校訂
実録先代萩　黙阿弥／河竹繁俊校訂
嬉遊笑覧 全五冊　喜多村筠庭／長谷川強・江本裕／渡辺守邦・岡雅彦／花田富二夫・石川了校訂
井月句集　復本一郎編
江戸端唄集　倉田喜弘編

《日本思想》〔青〕

風姿花伝 (花伝書)　世阿弥／野上豊一郎／西尾実校訂
世阿弥 申楽談儀　表章校註
五輪書　宮本武蔵／渡辺一郎校注
広益国産考　大蔵永常／土屋喬雄校訂
葉隠 全三冊　山本常朝／和辻哲郎／古川哲史校訂
養生訓・和俗童子訓　貝原益軒／石川謙校訂
都鄙問答　石田梅岩／足立栗園校訂
二宮翁夜話　福住正兄筆記／佐々井信太郎校訂
新訂 日暮硯　笠谷和比古校注
蘭学事始　杉田玄白／緒方富雄校註
講孟余話 旧名講孟劄記　吉田松陰／広瀬豊校訂

吉田松陰書簡集　広瀬豊編
塵劫記　吉田光由／大矢真一校注
兵法家伝書 付 新陰流兵法目録事　柳生宗矩／渡辺一郎校注
南方録　西山松之助校注
人国記・新人国記　浅野建二校注
上宮聖徳法王帝説　東野治之校注
霊の真柱　平田篤胤／子安宣邦校注
世事見聞録　武陽隠士／本庄栄治郎校訂／奈良本辰也補訂
茶湯一会集・閑夜茶話　井伊直弼／戸田勝久校注
新訂 海舟座談　巌本善治編／勝部真長校注
西郷南洲遺訓 付 手抄言志録及遺文　山田済斎編
文明論之概略　福沢諭吉／松沢弘陽校注
新訂 福翁自伝　富田正文校訂
学問のすゝめ　福沢諭吉
日本道徳論　西村茂樹／吉田熊次校
新島襄の手紙　同志社編
新島襄 教育宗教論集　同志社編

- 近時政論考　陸羯南
- 日本の下層社会　横山源之助
- 中江兆民 三酔人経綸問答　桑原武夫・島田虔次 訳・校注
- 新訂 蹇蹇録 —日清戦争外交秘録　陸奥宗光／中塚明 校注
- 茶の本　岡倉覚三／村岡博 訳
- 新撰讃美歌　植村正久・奥野昌綱・松山高吉 編
- 武士道　新渡戸稲造／矢内原忠雄 訳
- 余はいかにしてキリスト信徒となりしか　内村鑑三／鈴木範久 訳
- 代表的日本人　内村鑑三／鈴木範久 訳
- 後世への最大遺物・デンマルク国の話　内村鑑三
- 内村鑑三所感集　鈴木俊郎 編
- 求安録　内村鑑三
- 宗教座談　内村鑑三
- ヨブ記講演　内村鑑三
- 豊臣秀吉 全二冊　山路愛山
- 善の研究　西田幾多郎
- 西田幾多郎哲学論集 I —場所・私と汝 他六篇　上田閑照 編

- 西田幾多郎哲学論集 II —論理と生命 他四篇　上田閑照 編
- 西田幾多郎哲学論集 III —自覚について 他四篇　上田閑照 編
- 西田幾多郎随筆集　上田閑照 編
- 西田幾多郎歌集　上田薫 編
- 帝国主義　幸徳秋水／山泉進 校注
- 清沢満之集　安冨信哉 編／山本伸裕 校注
- 日本の労働運動　片山潜
- 明六雑誌 全三冊　山室信一・中野目徹 校注
- 吉野作造評論集　岡義武 編
- 貧乏物語　河上肇／大内兵衛 解題
- 河上肇評論集　杉原四郎 編
- 史記を語る　宮崎市定
- 中国史 全二冊　宮崎市定
- 自叙伝・日本脱出記　大杉栄／飛鳥井雅道 校訂
- 大杉栄評論集　飛鳥井雅道 編
- 女工哀史　細井和喜蔵
- 寒村自伝 全二冊　荒畑寒村

- 谷中村滅亡史　荒畑寒村
- 遠野物語・山の人生　柳田国男
- 青年と学問　柳田国男
- 木綿以前の事　柳田国男
- こども風土記・母の手毬歌　柳田国男
- 不幸なる芸術・笑の本願　柳田国男
- 海上の道　柳田国男
- 蝸牛考　柳田国男
- 野草雑記・野鳥雑記　柳田国男
- 十二支考 全二冊　南方熊楠
- 特命全権大使 米欧回覧実記 全五冊　久米邦武 編／田中彰 校注
- 古寺巡礼　和辻哲郎
- 風土 —人間学的考察　和辻哲郎
- イタリア古寺巡礼　和辻哲郎
- 日本精神史研究　和辻哲郎
- 倫理学 全四冊　和辻哲郎
- 人間の学としての倫理学　和辻哲郎

日本倫理思想史 全四冊	和辻哲郎
時と永遠 他八篇	波多野精一
宗教哲学序論・宗教哲学	波多野精一
「いき」の構造 他二篇	九鬼周造
九鬼周造随筆集	菅野昭正編
偶然性の問題	九鬼周造
時間論 他二篇	九鬼周造 小浜善信編
人間と実存	九鬼周造
法窓夜話 全二冊	穂積陳重
田沼時代	辻善之助
パスカルにおける人間の研究	三木清
漱石詩注	吉川幸次郎
吉田松陰	徳富蘇峰
林達夫評論集	中川久定編
新版 きけ わだつみのこえ —日本戦没学生の手記	日本戦没学生記念会編
新版 第二集 きけ わだつみのこえ —日本戦没学生の手記	日本戦没学生記念会編
君たちはどう生きるか	吉野源三郎

地震・憲兵・火事・巡査	山崎今朝弥 森長英三郎編
懐旧九十年	石黒忠悳
武家の女性	山川菊栄
わが住む村	山川菊栄
山川菊栄評論集	鈴木裕子編
おんな二代の記	山川菊栄
忘れられた日本人	宮本常一
家郷の訓	宮本常一
酒の肴・抱樽酒話	青木正児
新編 歴史と人物	三浦周行 林屋辰三郎 朝尾直弘編
国家と宗教 —ヨーロッパ精神史の研究	南原繁
石橋湛山評論集	松尾尊兊編
民藝四十年	柳宗悦
手仕事の日本	柳宗悦
工藝文化	柳宗悦
南無阿弥陀仏 付 心偈	柳宗悦
柳宗悦 茶道論集	熊倉功夫編

新編 美の法門	柳宗悦 水尾比呂志編
柳宗悦随筆集	水尾比呂志編
雨夜譚 —渋沢栄一自伝	長幸男校注
日本の民家	今和次郎
長谷川如是閑評論集	飯田泰三 山領健二編
倫敦《ロンドン》！ 倫敦《ロンドン》？	長谷川如是閑
原爆の子 —広島の少年少女のうったえ 全二冊	長田新編
清沢洌評論集	山本義彦編
幕末遣外使節物語 —夷狄の国へ	尾佐竹猛 吉良芳恵校注
イスラーム文化 —その根柢にあるもの	井筒俊彦
意識と本質 —精神的東洋を索めて	井筒俊彦
被差別部落一千年史	高橋貞樹 沖浦和光校注
英国の近代文学	吉田健一
訳詩集 葡萄酒の色	吉田健一訳
山びこ学校	無着成恭編
古琉球	伊波普猷 外間守善校訂
福沢諭吉の哲学 他六篇	丸山眞男 松沢弘陽編

岩波文庫の最新刊

大江健三郎
キルプの軍団
高校生の「僕」は、刑事の叔父さんとディケンズの『骨董屋』を原文で読み進めていくうちに、とてつもない「事件」に巻きこまれてしまう……。（解説＝小野正嗣）〔緑一九七-三〕 本体九一〇円

壺井栄
二十四の瞳
日本人に読み継がれる反戦文学の名作。若い女性教師と十二人の生徒の二十数年に及ぶふれあいを通して、戦争への抗議が語られる。（解説＝鷺只雄）〔緑二一二-一〕 本体七〇〇円

ファン・ルルフォ／杉山晃訳
燃える平原
焼けつくような陽射しが照りつけるメキシコの荒涼とした大地に生きる農民たちの寡黙な力強さや愛憎、暴力や欲望を、修辞を排した喚起力に富む文体で描く。〔赤七九一-二〕 本体七八〇円

プルースト／吉川一義訳
失われた時を求めて12
消え去ったアルベルチーヌ
アルベルチーヌの突然の出奔と事故死――。絶望から忘却にいたる語り手の心理の移ろいを、ヴェネツィアの旅、初恋相手の結婚への感慨を交えつつ繊細に描く。〔赤N五一一-一二〕 本体一二六〇円

……今月の重版再開……

ジョージ・オーウェル／都築忠七訳
カタロニア讃歌
〔赤二六二-三〕 本体九二〇円

スエトニウス／国原吉之助訳
ローマ皇帝伝 (上)(下)
〔青四四〇-一〕〔青四四〇-二〕 本体(上)九七〇円・(下)一一三〇円

矢羽勝幸校注
一茶
父の終焉日記・おらが春 他一篇
〔黄二二三-四〕 本体九〇〇円

定価は表示価格に消費税が加算されます　2018.5